COMENTÁRIOS POLÍTICOS

las. O Dom Quixote dos infelizes goza de imensa popularidade. Um fluxo ininterrupto de obras sai de Ferney: contos, tragédias, obras históricas, dicionários, etc. A partir de 1770, envelhecido e alarmado com a propaganda ateísta de Holbach, Voltaire escreve menos e passa a dedicar-se mais à política local.

São desse período os textos incluídos a seguir: os comentários ao *Espírito das leis* de Montesquieu, de 1777; comentários sobre o livro *Dos delitos e das penas* de Beccaria, de 1766, seguido da *Carta ao marquês de Beccaria*, de 1772, e, finalmente, as famosas notas sobre o *Contrato social*, de 1762.

Através desses comentários e críticas o leitor terá uma visão do pensamento político de Voltaire.

Cronologia

1572. 24 de agosto: Noite de São Bartolomeu. Por ordem do rei Carlos IX, encorajado por sua mãe Catarina de Médicis, massacre dos protestantes em Paris e nas províncias.
1598. 13 de abril: Henrique IV põe fim às guerras de religião pelo Edito de Nantes. A liberdade de culto é garantida aos protestantes sob certas condições.
1643-1715. Reinado de Luís XIV.
1685. 18 de outubro: revogação do Edito de Nantes por Luís XIV. A religião reformada é proibida no reino da França. Os protestantes convertidos à força são tidos como "novos católicos".
1694. Em 22 de novembro (ou 20 de fevereiro, segundo Voltaire), nasce em Paris François-Marie Arouet, terceiro filho de François Arouet, conselheiro do rei e antigo tabelião do Châtelet em Paris, e de Marie-Marguerite Daumart, ambos da alta e antiga burguesia.
1701. Morte da mãe de Voltaire, que encontra na irmã, oito anos mais velha, uma segunda mãe a quem sempre amará com ternura.
1702. Guerra de Sucessão na Espanha.

1702-10. Revolta dos *camisards*, camponeses protestantes das Cevenas.
1704. Entrada no colégio Louis-le-Grand, dirigido por jesuítas, onde Voltaire adquire sólida cultura e torna-se amigo de herdeiros das melhores famílias da nobreza, lá estudando durante sete anos.
1706. O príncipe Eugênio e Marlborough apoderam-se de Lille.
1710. Leibniz! *Teodicéia*.
1710-12. O convento dos religiosos cistercienses de Port Royal des Champs (vale de Chevreuse), reduto do jansenismo, é destruído por ordem de Luís XIV. Os soldados devastam o cemitério. Cenas escandalosas.
1711. Inscrição na faculdade de Direito, conforme o desejo do pai. Mas o jovem turbulento quer ser poeta, freqüenta o círculo dos libertinos do palácio do Templo, envia uma ode ao concurso anual da Academia.
1712. Nascimento de Jean-Jacques Rousseau.
Nascimento de Frederico II, rei da Prússia.
1713. O jovem Arouet abandona a faculdade. Arrumam-lhe um posto na embaixada francesa na Holanda, do qual é despedido por namorar uma protestante. A descoberta da sociedade holandesa, liberal, ativa e tolerante, deixa-o encantado.
1713. Nascimento de Denis Diderot.
1713. Estada de Voltaire em Haia como secretário do embaixador da França.
8 de setembro: Luís XIV obtém do papa Clemente XI a bula ou constituição *Unigenitus* que condena o jansenismo.
Paz de Utrecht.

1715-23. Regência do duque de Orléans.
1716. Exílio em Sully-sur-Loire, por um poema satírico contra o Regente.
1717. São-lhe atribuídos dois poemas satíricos: o segundo (*Puero regnante*) é dele. Por ordem do Regente é enviado à Bastilha, onde fica preso onze meses. Aproveita o tempo para ler Virgílio e Homero, para continuar a *Henriade* e *Oedipe*.
1718. Sai da prisão em abril e até outubro deve permanecer fora de Paris. A tragédia *Oedipe* faz imenso sucesso. O Regente, a quem a peça é dedicada, concede-lhe uma gratificação. É consagrado como grande poeta, passa a assinar Voltaire.
1720-22. Voltaire faz excelentes negócios e aplicações que lhe aumentam a fortuna herdada do pai, falecido em 1722. Tem uma vida mundana intensa.
1721. Montesquieu: *Lettres persanes*.
1721. Em Londres, Robert Walpole torna-se primeiro-ministro; ocupará o cargo até 1742.
1722. Voltaire faz uma viagem à Holanda: admira a tolerância e a prosperidade comercial desse país.
1723-74. Reinado de Luís XV.
1723. Publicação, sem autorização da censura, de *La ligue* (primeira versão de *Henriade*), poema épico.
1724. Nascimento de Kant.
1725. Voltaire consegue ser admitido na Corte. Suas tragédias *Oedipe*, *Mariamne* e a nova comédia *l'Indiscret* são representadas nas festas do casamento do rei.
1726. Voltaire discute com o cavaleiro de Rohan, que alguns dias depois manda empregados espancarem-no. Voltaire se indigna, quer um duelo, sendo man-

dado à Bastilha (17 de abril). Quinze dias depois é forçado a partir para a Inglaterra, onde permanece até fins de 1728. Após um período difícil, adapta-se e faz amizades nos diversos meios da aristocracia liberal e da política, entre os intelectuais. O essencial das experiências inglesas será condensado para o público francês nas *Lettres philosophiques*, concebidas nessa época: não a descoberta, mas o reconhecimento entusiasta de uma sociedade progressista na qual já estavam em andamento os novos valores da "filosofia das Luzes", a tolerância, a liberdade de pensamento, o espírito de reforma de empreendimento.

1726. Jonathan Swift: *Viagens de Gulliver*.
1727. Publicações de *Ensaio sobre as guerras civis* e de *Ensaio sobre a poesia épica*, redigidos em inglês.
1728. Voltaire dedica à rainha da Inglaterra a nova *Henriade*, editada em Londres por subscrição. Em outubro volta à França.
1729-30. Voltaire se lança em especulações financeiras, um tanto tortuosas mas legais na época, que lhe renderão o bastante para viver com conforto e independência. Representação da tragédia *Brutus*. Escreve uma ode sobre a morte de Adrienne Lecouvreur, atriz sua amiga, que uma dura tradição religiosa privou de sepultura cristã.
1731-32. Impressão clandestina de *Histoire de Charles XII*, cuja imparcialidade desagradou ao poder, e que alcança grande sucesso. Sucesso triunfal de *Zaïre*, tragédia que será representada em toda Europa.
1733. Publicação de *Le temple du goût*, obra de crítica literária e afirmação de um gosto independente que

desafia os modos oficiais e levanta polêmicas. Início da longa ligação com a sra. du Châtelet.

1734. *Lettres philosophiques*, impressas sem autorização legal, causam grande escândalo: o livro é apreendido e Voltaire ameaçado de prisão. Refugia-se no castelo dos Châtelet, em Cirey-en-Champagne, a algumas horas de fronteiras acolhedoras. Por mais de dez anos, Cirey será o abrigo que lhe permitirá manter-se à distância das ameaças da autoridade.

1734. Montesquieu: *Considérations*.
Johann Sebastian Bach: Oratório de Natal.

1735-36. Breves temporadas em Paris, com fugas ante ameaças de prisão. Representação das tragédias *La mort de César* (adaptada de Shakespeare) e *Alzire*. Publicação do poema *Mondain*, impertinente provocação às morais conformistas. Um novo escândalo, mais uma fuga, desta vez para a Holanda. Início da correspondência entre Voltaire e o príncipe real Frederico da Prússia.

1737-39. Longas temporadas em Cirey, onde Voltaire divide o tempo entre o trabalho e os divertimentos com boas companhias. Aplica-se às diversas atividades de "filósofo": as ciências (interessa-se pela difusão do newtonismo); os estudos bíblicos; o teatro e os versos (começa *Mérope*, adianta *Discours sur l'homme*); a história da civilização (*Siècle de Louis XIV*). Tudo entremeado de visitas, negócios, processos judiciais e discussões com literatos. Viagem com a sra. du Châtelet à Bélgica e à Holanda, onde representa Frederico da Prússia junto aos livreiros de Haia, para a impressão de *Anti-Machiavel*, escrito pelo príncipe filósofo. É editada uma coletânea dos primeiros capítulos do *Siècle de Louis XIV*, que é apreendida.

1740. Primeiro encontro de Voltaire com Frederico, nesse ano coroado rei da Prússia em Clèves. O rei leva-o a Berlim e quer segurá-lo na corte, mas só o retém por algumas semanas.

1741-43. Estréia de duas tragédias, *Mahomete* e *Mérope*, com grande sucesso. A primeira escandaliza os devotos de Paris e é retirada de cena. Voltaire intercala temporadas em Cirey com viagens a Bruxelas. Cumpre missões diplomáticas oficiosas junto a Frederico II, que insiste com o filósofo para que se estabeleça na Prússia.

1743. Nascimento de Lavoisier.

1744-46. Fortalecido pelos serviços diplomáticos prestados, Voltaire reaproxima-se da corte. Torna-se o poeta da corte, sustentado pelo apoio de Madame de Pompadour, de quem fora confidente. São anos de glória oficial: *Princesse de Navarre* é encenada no casamento do delfim; é nomeado historiógrafo do rei; o papa aceita a dedicatória de *Mahomet*; é eleito para a Academia Francesa.

1747-48. Uma imprudente impertinência de Voltaire traz-lhe o desfavor na corte. Refugia-se no castelo de Sceaux, da duquesa de Maine. Publicação da primeira versão de *Zadig* em Amsterdam, de *Babouc* e *Memnon*. Passa temporadas em Lunéville, na corte do rei Estanislau. Foi um dos piores momentos de sua vida: minado pela doença, solitário, incerto do futuro e mesmo de moradia.

1748. Hume: *Ensaio sobre o entendimento humano*. Montesquieu: *L'esprit des lois*.

1749. Morte de Émilie du Châtelet em Lunéville. Voltaire retorna a Paris e instala-se na casa de sua sobrinha viúva, a sra. Denis. Reata com antigos amigos, freqüenta os meios teatrais.
1749. Nascimento de Goethe.
1750-51. Cartas de Frederico II, prometendo favores, amizade e fortuna, levam Voltaire a resolver mudar para a Prússia. A acolhida é calorosa, mas logo começam as desavenças. Em Berlim e em Potsdam, Voltaire sente-se vigiado, obrigado a agradar, porém trabalha à vontade quando se mantém afastado: termina *Le siècle de Louis XIV*, iniciado há vinte anos.
1750. J.-J. Rousseau: *Discours sur les sciences et les arts.*
1751. Início da publicação da *Encyclopédie.*
1752-53. A permanência em Potsdam torna-se cada vez mais difícil. Voltaire escreve um panfleto (*Diatribe du docteur Akakia*) contra Maupertuis, presidente da Academia de Berlim, defendido por Frederico II, que manda queimar em público o libelo. Em março de 53 Voltaire consegue permissão para deixar Berlim com o pretexto de ir para uma estação de águas. Volta à França por etapas; mas uma ordem de Frederico II o retém como prisioneiro durante cinco semanas em Frankfurt, por causa de um exemplar da obra de poesia do rei que o filósofo levara consigo. Essa humilhação convence-o da necessidade de armar-se para a independência. Publicação de *Micromégas* em 1752.
1755. Depois de uma tentativa malograda de instalar-se em Colmar, na Alsácia, quando teve contra si os religiosos, os devotos e os fiéis, Voltaire instala-se na Suíça. Compra a propriedade Délices, perto de

Genebra, descobre a natureza e a vida rústica, mas não deixa de montar espetáculos teatrais em casa, para escândalo do austero Grande Conselho de Genebra. Participa da *Encyclopédie*, fornecendo artigos até 1758, quando opta por formas mais diretas de propaganda.

1755. Terremoto de Lisboa.
J.-J. Rousseau: *Discours sur l'inégalité*.

1756. Sempre ativo, a despeito da idade, convivendo bem com os genebrinos, o filósofo é feliz. Abalado pelo terremoto de Lisboa, escreve *Poème sur le désastre de Lisbonne*, atacando a Providência e o otimismo filosófico. Lança *Poème sur la loi naturelle*, que escandaliza pelo deísmo. Entrega para publicação a síntese de *Essai sur les moeurs*.

1756. Início da Guerra dos Sete Anos.
J.-J. Rousseau escreve *Lettre à Voltaire sur la Providence*, contra o *Poème sur le désastre de Lisbonne*.

1757. A correspondência de Voltaire torna-se o eco de seu século. Afeta indiferença, mas não cessa de lutar por seus ideais. Executam o almirante Byng, na Inglaterra, por quem Voltaire intercedera no ano anterior. Um louco atenta contra a vida de Luís XV. Os partidos religiosos se engalfinham na França, mas se unem contra os enciclopedistas. O artigo "Genève" provoca indignação em Genebra, ameaçando o agradável retiro do filósofo. Voltaire reata a correspondência com Frederico II.

1758. Voltaire trabalha para completar e reformular *Essai sur les moeurs*, acentuando a orientação militante da obra. Tenta conciliar o grupo dos enciclopedistas; não o conseguindo, cessa de colaborar em junho. A guerra européia se alastra, apesar das tentativas do filósofo de aproximar Berlim e Versailles. Complicam-se as relações entre o filósofo e a cidade de Genebra. Compra as terras de Ferney, na fronteira da Suíça, mas território francês, para onde se muda acompanhado da sobrinha, a sra. Denis. Escreve *Cândido* e umas memórias, depois abandonadas.

1758. J.-J. Rousseau: *Lettre sur les spectacles*, em resposta ao artigo "Genève."

1759. Publicação de *Cândido*, em janeiro, logo condenado mas com imenso sucesso. A condenação da *Encyclopédie* intensifica as suas polêmicas contra os adversários dos filósofos: *Relation de la maladie du jésuite Berthier*; *Le pauvre diable* (1758) contra Fréron; *La vanité*, sátira contra Lefranc e Pompignan, autor de poesias sacras. Leva vida intensa, dividindo-se entre Délices e Ferney.

1760. Em dezembro, Voltaire instala-se definitivamente em Ferney. Assume, diante da opinião de seu tempo, uma espécie de ministério do progresso "filosófico".

1760. Franklin: invenção do pára-raio.
Diderot: *La religieuse*.

1761. As *Lettres sur la Nouvelle Héloïse*, sob a assinatura do marquês de Ximènes, ridicularizando o romance *La Nouvelle Héloïse* publicado no mesmo ano, marcam o início das hostilidades públicas com J.-J. Rousseau. Colaboração numa edição comentada do teatro de Corneille, que servirá para dar o dote de uma sobrinha-neta do autor clássico, adotada por Voltaire.

1762-63. Ampliação da propaganda deísta, com a publicação de dois textos polêmicos: *Le sermon des cinquante* e *Extrait du testament du curé Meslier*. Em 10 de março, o protestante Jean Calas, acusado falsamente da morte do filho, é executado em Toulouse; Voltaire lança-se numa campanha para reabilitá-lo, conseguindo a revisão do processo (1765). Para esse fim escreve *Traité sur la tolérance*.

1762. Jean-Jacques Rousseau: *Le contrat social* e *Émile*.

1764. Representação, em Paris, da tragédia *Olympie*, que como as anteriores, desde *Tancrède* (1760), não obtém sucesso. Publicação do *Dictionnaire philosophique portatif*, concebido em 1752 na Prússia, um instrumento de propaganda largamente difundido. A uma acusação das *Lettres sur la montage*, de Rousseau, Voltaire replica com o cruel panfleto *Sentiment des citoyens*.

1765. Voltaire acolhe a reabilitação de Calas como "uma vitória da filosofia". A partir daí, solicitado ou por própria iniciativa, intervirá em causas desse gênero quase todos os anos. Publicação de *La philosophie de l'histoire*. Encarrega-se da defesa da família Sirven, sendo ajudado financeiramente em sua ação judiciária pelos reis da Prússia, da Polônia, da Dinamarca e por Catarina da Rússia.

1766. Condenação e execução do cavaleiro de la Barre por manifestações libertinas à passagem de uma procissão religiosa. Encontram um *Dictionnaire philosophique* na casa do cavaleiro e atribuem sua atitude irreverente à influência dos filósofos. Voltaire assusta-se e vai para a Suíça; de volta a Ferney, empreende a reabilitação de la Barre.

1767. Publicação de *Anecdote sur Bélisaire* e *Questions de Zapatta* (contra a Sorbonne), *Le dîner du comte de Boulainvilliers* (contra o cristianismo), *L'ingénu*.
1768. Publicação de *Précis du siècle de Louis XV*; *La princesse de Babylone*; *L'Homme aux quarente écus*; *Les singularités de la nature* (espécie de miscelânea de filosofia das ciências).
1770. Voltaire lança ao ministério francês a idéia de facilitar o estabelecimento de refugiados genebrinos em Versoix, na França, o que ativaria a indústria e o comércio, fazendo concorrência a Genebra. Sem ajuda oficial, com sua imensa fortuna, Voltaire conseguiu realizar isso em pequena escala. Como um patriarca, adorado de seus protegidos, cuida de questões administrativas e de obras públicas da região de Gex, onde fica Ferney. Em Paris, é feita subscrição pública para a estátua de Voltaire executada por Pigalle; J.-J. Rousseau está entre os subscritos.
1770. Nascimento de Hegel.
1771-72. Pela segunda vez, Voltaire compõe um dicionário, acerca de suas idéias, convicções, gosto, etc. São os nove volumes de *Questions sur l'Encyclopédie*, publicados à medida que eram terminados. Publicação de *Épître à Horace*.
1772. Fim da publicação da *Encyclopédie*.
1773. Sem abandonar suas lutas nem sua direção filosófica (ao que dedica há anos a sua correspondência), deixa diminuir a produção literária, sofre graves acessos de estrangúria em fevereiro e março. Contudo, sustenta, com *Fragments historiques sur l'Inde*, os esforços do conde Lally-Tollendal para a reabilitação do pai, injustamente condenado à morte em 1766.

1773. O papa Clemente XIV dissolve a ordem dos jesuítas.
1774. Em agosto, o enciclopedista Turgot é nomeado controlador geral das finanças; suas medidas de liberalização do comércio dos grãos são acolhidas com entusiasmo em Ferney.
1774. Morte de Luís XV.
1774-92. Reinado de Luís XVI.
1776. Voltaire sustenta a política econômica de Turgot até a sua queda (maio de 1776), que deplorará como uma derrota da filosofia do século. Publicação da tragédia *Don Pèdre*, não-encenada, e dos dois contos *Les oreilles du comte de Chesterfield*, e a curiosa *Histoire de Jenni*, contra as audácias do ateísmo e do materialismo modernos. Em dezembro, um édito de Turgot concede à região de Gex uma reforma fiscal solicitada por Voltaire havia anos.
1776. Fruto de trinta anos de crítica apaixonada da Bíblia e de sua exegese, é publicado *La Bible enfin expliquée*.
1776. Declaração de independência das colônias inglesas na América.
1776. Thomas Paine: *The Common Sense*.
Adam Smith: *A riqueza das nações*.
1777. Os *Dialogues d'Évhémère*, última volta ao mundo filosófico de Voltaire.
1778. Já doente, Voltaire chega a Paris em fevereiro. Dez dias de visitas e homenagens ininterruptas deixam-no esgotado. Fica acamado três semanas, confessa-se e recebe a absolvição, depois de submeter-se a uma retratação escrita, declarando morrer na religião católica. É a última batalha do velho lutador: a insubmissão, com o risco de ser jogado na

vala comum após a morte, ou a submissão, com a negação de sua obra e de sua influência. Mal se restabelece, recomeça a roda-viva. Em 30 de março é seu dia de apoteose com sessão de honra na Academia e representação triunfal da tragédia *Irène*. Em 7 de abril é recebido maçom na loja das Neuf-Soeurs. Esgota-se redigindo um plano de trabalho para a Academia. Morre no dia 30 de maio e, apesar das interdições, é enterrado em terra cristã, na abadia de Scellières, em Champagne.

1778. Morte de Rousseau, em 2 de julho.
1791. Em 12 de julho as cinzas de Voltaire são transferidas ao Panthéon, em meio à alegria popular.

COMENTÁRIO
sobre
O ESPÍRITO DAS LEIS
(1777)

Prefácio[1]

Montesquieu está entre os homens mais ilustres do século XVIII, e no entanto não foi perseguido: foi apenas um pouco molestado por suas *Cartas persas*, obra imitada de *O siamês* de Dufresny e de *O espião turco*[2]; imitação muito superior aos originais, mas abaixo do seu gênio. Sua glória foi *O espírito das leis*; as obras dos Grotius e dos Puffendorf não passavam de compilações; a de Montesquieu pareceu ser a de um homem de Estado, de um filósofo, de um espírito superior, de um cidadão. Quase todos os que eram os juízes naturais de tal livro, literatos, juristas de todos os países, viram-no e o vêem ainda como um código da razão e da liberdade. Mas nas duas seitas dos jansenistas e dos jesuítas, que ainda existiam, houve escritores que pretenderam assinalar-se investindo contra esse livro, na esperança de tirar partido de seu nome, como os insetos se dedicam à perseguição

---

1. Este "Prefácio" é de Voltaire, e consta das primeiras edições do *Comentário*.
2. Ver *Les Honnêtetés Litteraires*, deuxième honnêteté, notas; Mélanges, V, *in* Voltaire, *Oeuvres complètes*, Garnier, Paris, 1879, tomo XXVI, p. 122.

do homem e se alimentam de sua substância. Colhiam-se então alguns lucros miseráveis com a divulgação de brochuras teológicas e com o ataque a filósofos. Essa foi uma boa ocasião para o panfletista das *Nouvelles ecclésiastiques*, que vendia todas as semanas a história moderna dos sacristãos de paróquia, dos que viaticaram, dos coveiros e dos tesoureiros de igreja. Esse homem gritou contra o presidente Montesquieu: "Religião! Religião! Deus! Deus!" E chamou-o de deísta e de ateu, para melhor vender o seu jornal. O que parece pouco crível é que Montesquieu se dignou responder-lhe. Os três dedos que tinham escrito *O espírito das leis* abaixaram-se para esmagar, pela força da razão e a golpes de epigramas, a vespa convulsionária que zumbia aos seus ouvidos quatro vezes por mês.

Não fez a mesma honra aos jesuítas: eles se vingaram de sua indiferença propalando, depois de sua morte, que o haviam convertido. Impossível atacar sua memória por uma calúnia mais covarde e mais ridícula. Essa infâmia logo foi descoberta, quando, poucos anos depois, os jesuítas foram proscritos em todo o globo, que eles haviam enganado a poder de tantas controvérsias e perturbado a poder de tantas intrigas.

Esses uivos de cães do cemitério Saint-Médard e essas invectivas de alguns diretores de colégio, ex-jesuítas, não foram ouvidos em meio aos aplausos da Europa. Entretanto uma pequena sociedade de sábios, nutridos no conhecimento dos negócios e dos homens, reuniu-se durante longo tempo para examinar com imparcialidade esse livro tão célebre. Ela fez imprimir, para si e para alguns amigos, vinte e quatro exemplares do seu trabalho, sob o título de *Observações sobre O espírito* *das leis*³, em três pequenos volumes. Extraí dele algumas informações e acrescento-lhe as minhas dúvidas⁴.

....

3. As *Observations sur le livre intitulé l'Esprit des Lois, divisées en trois parties, 1757-1758*, três volumes pequenos in-8º, são de Claude Dupin, arrematante dos impostos régios, falecido em 1769; elas foram revistas pelos padres Plesse e Berthier. Acredita-se que o prefácio é da Sra. Dupin, esposa do autor, falecida em 1800, perto dos cem anos; ela tivera J.-J. Rousseau como preceptor de seu filho e como secretário. As *Observações* tinham sido impressas por Guérin e Delatour; e o *Premier Catalogue des livres* deste último (1808, in-8º, nº 57) diz que "só foram postos em circulação trinta exemplares, dados de presente pelo autor; todo o resto da edição foi suprimido". Essa supressão foi feita pelo próprio autor, a pedido da Sra. de Pompadour, que protegia Montesquieu. Ver abaixo uma nota de Voltaire sobre o artigo III do *Preço da justiça e da humanidade*.

4. O Sr. de Voltaire fazia justiça ao autor de *O espírito das leis*; admirava-lhe o gênio, o espírito vivo e brilhante, e muito louvava o emprego honorável e corajoso que ele fez de suas luzes; mas lamentava que, por excesso de confiança em escritores mal conhecidos e em viajantes ignorantes, ele tenha misturado erros essenciais com numerosas e importantes verdades. Parecia-lhe necessário prevenir os jovens e os estrangeiros contra esses erros, nos quais a autoridade de um grande nome podia levar seu espírito a acreditar. O mesmo zelo pela verdade, o mesmo desejo de ser útil o haviam decidido outrora a comentar as tragédias de Corneille e os *Pensamentos* de Pascal, suspendendo ocupações mais caras e mais gloriosas e entregando-se a um trabalho longo e penoso. Sem dúvida ele não teria feito por autores religiosos um semelhante sacrifício de seu tempo. (*Nota de Wagnière.*)

– Havia muito que o Sr. de Voltaire assinalara alguns erros em *O espírito das leis* nas *Questões sobre a Encyclopédie* ou *Dicionário filosófico*, artigo LOIS (ver *Dictionaire Philosophique*, IV, *in* Voltaire, *Oeuvres complètes, op. cit.*, tomo XX, p. 1), e no primeiro diálogo entre A, B, C. Em seguida ele quis tornar esse trabalho mais completo e tornou a redigi-lo neste *Comentário*, uma de suas últimas obras. Se às vezes ele respondeu a escritores muito medíocres, como, por exemplo, um *La Beaumelle*, foi porque julgava que esclarecer a Europa sobre os erros grosseiros e principalmente sobre as calúnias atrozes que este espalhava devia prevalecer sobre o desprezo que merecia o caluniador. Quanto aos pequenos autores satíricos que acreditavam acabrunhar o Sr. de Voltaire em sua velhice, se às vezes ele se dignava dar-lhes uma resposta era porque tinha necessidade de desabafar e queria distrair-se distraindo o público à custa deles. (K.)

Comentário sobre algumas máximas principais de O espírito das leis

I

Não entraremos na discussão da infinidade de proposições que se pode atacar e defender longamente sem chegar a um acordo. São fontes inesgotáveis de disputa. Os dois contendores giram sem avançar, como se dançassem um minueto; no fim ambos se encontram no mesmo lugar de onde partiram.

Não investigarei se Deus tem suas leis, ou se o seu pensamento, a sua vontade são a única lei; se os animais têm suas leis, como diz o autor;

Nem se havia relações de justiça antes que houvesse homens; o que constitui a antiga querela dos realistas e dos nominalistas;

Nem se um ser inteligente, criado por outro ser inteligente e tendo feito o mal ao seu camarada inteligente, pode ser considerado como digno de sofrer a pena de talião, por ordem do Criador inteligente, antes que esse Criador tenha criado;

Nem se o mundo inteligente não é tão bem governado quanto o mundo não-inteligente, e por quê;

Nem se é verdade que o homem viola as leis de Deus, *na qualidade de ser inteligente*, ou se não estaria privado de sua inteligência no instante em que viola essas leis.

Não entraremos nas sutilezas dessa metafísica; guardemo-nos de entrar nesse labirinto.

II

O inglês Hobbes pretende que o estado natural do homem é um estado de guerra, pelo fato de todos os homens terem um direito igual a tudo.

Montesquieu, mais brando, quer crer que o homem não passa de um animal tímido que procura a paz.

Como prova disso ele aduz a história daquele selvagem encontrado, há cinqüenta anos, nas florestas de Hanôver e a quem o menor barulho apavorava.

Parece-me que, se se quer saber como a pura natureza humana é feita, basta considerar os filhos dos nossos camponeses. O mais poltrão foge diante do mais maldoso; o mais fraco é batido pelo mais forte: se um pouco de sangue corre, ele chora, grita; as lágrimas, as queixas que a dor arranca a essa máquina causam uma impressão súbita na máquina de seu camarada que o espancava. Ele se detém, como se uma força superior lhe agarrasse a mão; ele se comove, se enternece, abraça o inimigo a quem acabou de ferir; e no dia seguinte, se houver avelãs a dividir, eles recomeçarão o embate; já são homens, e agirão assim um dia com seus irmãos, com suas mulheres.

Mas deixemos as crianças e os selvagens e examinemos apenas muito raramente as nações estrangeiras, que não nos são bastante conhecidas. Pensemos em nós.

III

"A nobreza entra de certa forma na essência da monarquia, cuja máxima fundamental é: nada de monarca, nada de nobreza; nada de nobreza, nada de monarca. Mas tem-se um déspota" (p. 7, ed. de Leyde, in-4º, de *O espírito das leis*, Livro II, Cap. IV).

Essa máxima faz lembrar o infortunado Carlos I, que dizia: "Nada de bispo, nada de monarca." Nosso grande Henrique IV teria podido dizer à facção dos Dezesseis: "Nada de nobreza, nada de monarca." Mas digam-me o que devo entender por déspota e por monarca.

Os gregos, e depois deles os romanos, entendiam pela palavra grega *despotés* um pai de família, um chefe de família, *despotés, herus, patronus, despoina, hera, patrona*, em oposição a *therapon* ou *theraps, famulus, servus*. Parece-me que nenhum grego, nenhum romano se serviu da palavra *déspota*, ou de um derivado de *despotés*, para designar um rei. *Despoticus* nunca foi uma palavra latina. Os gregos da Idade Média resolveram, no começo do século XV, chamar de déspotas os senhores muito fracos, dependentes do poderio dos turcos, déspotas da Sérvia, da Valáquia, que eram vistos apenas como chefes de família. Hoje os imperadores da Turquia, do Marrocos, da Pérsia, do Indostão, da China são chamados por nós de déspotas; e ligamos a esse termo a idéia de um louco feroz que não atende senão ao seu capricho; de um bárbaro que manda enfileirar diante dele seus cortesãos prosternados e que, para se divertir, ordena aos seus capangas que estrangulem à direita e empalem à esquerda.

O termo *monarca* implicava originariamente a idéia de um poder bem superior ao da palavra *déspota*: significava único príncipe, único dominante, único poder; parecia excluir qualquer poder intermediário.

Assim, em quase todas as nações as línguas se desnaturaram. Por isso, as palavras *papa, bispo, padre, diácono, igreja, jubileu, páscoa, festas, nobre, vilão, monge, cônego, clérigo, gendarme, cavaleiro* e uma infinidade de outras já não dão as mesmas idéias que davam outrora: eis algo a que sempre é preciso prestar atenção em todas as leituras.

Gostaria que o autor, ou algum outro escritor de sua força, nos explicasse claramente por que a nobreza é a essência do governo monárquico[5]. Seríamos levados a crer que ela é a essência do governo feudal, como na Alemanha, e da aristocracia, como em Veneza[6].

....

5. Eis o texto de Montesquieu (*O espírito das leis*, Livro II, Cap. IV, seção 2): "Ela (a nobreza) entra de certo modo na essência da monarquia, cuja máxima é: *Nada de monarca, nada de nobreza; nada de nobreza, nada de monarca*; mas tem-se um déspota."

6. Não pode haver nenhuma outra diferença entre o despotismo e a monarquia senão a existência de certas regras, de certas formas, de certos princípios consagrados pelo tempo e pela opinião e dos quais o monarca impõe a si mesmo a obrigação de não se afastar. Se estiver ligado apenas pelo seu juramento, por seu medo de alienar os espíritos de sua nação, o governo é monárquico; mas, se existe uma corporação, uma assembléia, de cujo consentimento ele não possa prescindir quando quer derrogar essas leis primeiras; se essa corporação tem o direito de se opor à execução dessas novas leis, quando elas são contrárias às leis estabelecidas, então já não há monarquia, mas uma aristocracia. Supõe-se que o monarca, para ser justo, deve respeitar as regras consagradas pela opinião, ao passo que o déspota não é obrigado a respeitar senão os primeiros princípios do direito natural, a religião, os costumes. A diferença está menos na forma da constituição do que na opinião dos povos, que têm uma idéia mais ou menos extensa do que constitui os direitos do homem e do cidadão.

Ora, é difícil, admitindo-se essa explicação, adivinhar por que é preciso haver numa monarquia uma corporação de homens que gozem de privilégios hereditários. Os privilégios são uma carga a mais para o povo, um desencora-

IV

"Assim como o poder do clero é perigoso numa república, assim ele é conveniente numa monarquia, sobretudo nas que chegam ao despotismo. Que seriam da Espanha e de Portugal depois da perda de suas leis, sem esse poder que é o único a coibir o poder arbitrário? Barreira sempre boa quando não existe outra: porque, como o despotismo causa à natureza humana males horríveis, o próprio mal que o limita é um bem" (Livro II, Cap. IV).

Vê-se que desde o princípio o autor não faz grande diferença entre a monarquia e o despotismo: são dois irmãos que guardam entre si tamanha semelhança que mui-

....

jamento para qualquer homem de mérito que não faça parte dessa corporação. Será que o Sr. de Montesquieu acreditava que, num país esclarecido, um homem sem nobreza, mas possuindo educação, não teria tanta nobreza de alma, tanto horror pelas baixezas quanto um fidalgo? Acreditaria ele que o conhecimento dos direitos da humanidade não dão tanta elevação quanto o das prerrogativas da nobreza? Não seria melhor procurar dar às almas dos homens de qualquer condição mais energia do que querer conservar nas dos nobres alguns restos do orgulho de sua antiga independência? Não seria mais útil ao povo de uma monarquia procurar os meios de estabelecer uma ordem mais simples, em vez de conservar cuidadosamente os restos da anarquia?

É certo que em toda monarquia moderada, onde as propriedades são asseguradas, haverá famílias que, tendo conservado riquezas, ocupado cargos, prestado serviços durante várias gerações, obterão uma consideração hereditária; mas há aí uma grande distância em relação à nobreza, às suas isenções, às suas prerrogativas, aos capítulos nobres, aos tamboretes, aos cordões, aos certificados dos genealogistas, a todas essas invenções prejudiciais ou ridículas das quais uma monarquia pode, sem dúvida, prescindir.

O autor desta nota toma a liberdade de assegurar aos seus leitores, se os houver, que, ao advogar a causa da felicidade do povo contra a vaidade dos nobres, não são em absoluto os seus interesses que ele defende aqui. (K.)

– Condorcet, autor desta nota, era marquês.

tas vezes tomamos um pelo outro. Confessemos que eles foram em todos os tempos dois gatos grandes em cujo pescoço os ratos tentaram pendurar um guizo. Não sei se os padres colocaram esse guizo, ou se antes seria preciso pendurar um nos padres: tudo quanto sei é que antes de Fernando e Isabel não havia Inquisição na Espanha. Essa hábil Isabel e esse mais hábil Fernando fizeram suas transações com a Inquisição; o mesmo fizeram seus sucessores para serem mais poderosos. Filipe II e os padres inquisidores sempre dividiram os despojos. Seria essa Inquisição, tão detestada na Europa, cara ao autor das *Cartas persas*?

Ele toma aqui por regra geral que os padres são em todos os tempos e em todos os lugares os corretores dos príncipes. Eu não aconselharia um homem que se propõe a instruir a estabelecer assim regras gerais. Nem bem ele fixou um princípio e a história se abre diante dele para lhe mostrar cem exemplos contrários.

Ele diz que os bispos são o sustentáculo dos reis, e vem um cardeal de Retz, vêm primazes da Polônia e bispos de Roma, e uma multidão de outros prelados, remontando a Samuel, que contrapõem terríveis argumentos à sua tese.

Ele diz que os bispos são os sábios preceptores dos príncipes e logo lhe é mostrado um cardeal Dubois, que foi apenas o Mercúrio deles.

Ele afirma que as mulheres não são aptas para o governo e isso lhe é desmentido desde Tomyris até os nossos dias[7].

....
7. Isso é uma lisonja dirigida a Catarina II, então imperatriz da Rússia. (B.)

Mas continuemos a nos esclarecer com *O espírito das leis*[8].

V

Em vez de continuar, deparo por acaso com o Capítulo II do Livro X, pelo qual eu deveria ter começado. É um curso singular de direito público. Senão vejamos (p. 155):

"Entre as sociedades, o direito da defesa natural acarreta por vezes a necessidade de atacar, quando um povo[9] vê que um povo vizinho prospera e que uma paz mais longa poria esse povo vizinho em condições de destruí-lo etc."

Se fosse Maquiavel que dirigisse essas palavras ao bastardo abominável do abominável papa Alexandre VI, eu não ficaria nem um pouco admirado. Tal é o espírito das leis de Cartouche e de Desrues. Mas que essa máxima seja de um homem como Montesquieu! Não acreditamos em nossos próprios olhos.

Vejo em seguida que, para lhe abrandar a crueldade, ele acrescenta que "o ataque deve ser feito[10] por esse

---

8. O clero tem em Constantinopla pelo menos tanto crédito quanto na Espanha. Qual foi a utilidade desse crédito? Para que serviu o do clero da França? Para deixar dois milhões de cidadãos sem existência legal, sem propriedade assegurada; para subtrair aos impostos pelo menos um quinto dos bens do reino. Não é evidente que, amigo ou inimigo do monarca, um clero poderoso só pode servir para impor um duplo jugo ao povo? Um homem é mais livre porque tem dois senhores? (K.)

9. O texto diz, Livro X, Cap. II: "Quando um povo vê que uma paz mais longa colocaria um outro em condições de destruí-la."

10. O texto diz: "E o ataque é, nesse momento, o único meio de impedir essa destruição."

povo cioso no momento em que esse é o único meio de impedir sua própria destruição" (Livro X, Cap. II).

Parece-me contudo que isso é desculpar-se mal e, muito evidentemente, incorrer em contradição. Porque se apenas caís sobre o vosso vizinho no exato momento em que ele vos vai destruir, na verdade era ele que vos atacava. Vós vos limitastes portanto a vos defender contra o vosso inimigo.

Vejo que vos deixastes arrastar pelos princípios gerais do maquiavelismo: "Arruinai aquele que um dia vos poderia arruinar; assassinai vosso vizinho, que poderia tornar-se bastante forte para vos matar; envenenai-o o mais depressa possível se temeis que ele empregue contra vós o seu cozinheiro."

Algum grande político poderá pensar que isso é muito bom de fazer, mas na verdade isso é muito mau de dizer. Vós vos corrigis imediatamente dizendo que só é permitido degolar o vizinho quando esse vizinho vos degola. A questão já não é essa. Supondes aqui o caso de uma simples e honesta defensiva. Quisestes primeiro escrever apenas como homem de Estado e vos envergonhastes disso; quisestes reparar a coisa voltando a escrever como homem de bem e vos enganastes no vosso cálculo. Retornemos à ordem que interrompi.

VI

"Assim como o mar que parece querer cobrir toda a terra é detido pela grama e pelos menores cascalhos que se encontram em sua margem, assim também os monarcas cujo poder parece não ter limites se detêm diante dos mais pequenos obstáculos e submetem o seu orgulho natural ao lamento e à prece" (p. 18, Livro II, Cap. IV).

Aí está, pois, poeticamente falando, o Oceano que se torna monarca ou déspota. Não é esse o estilo de um legislador. Mas seguramente não é nem a grama nem o cascalho que causa o refluxo do mar, é a lei da gravitação; e não sei, aliás, se a comparação das lágrimas do povo com o cascalho é justa.

VII

"Os ingleses, para favorecer a liberdade, suprimiram todos os poderes intermediários que formavam a sua monarquia" (p. 19, Livro II, Cap. IV).

Pelo contrário, os ingleses tornaram mais legal o poder dos senhores espirituais e temporais e aumentaram o das comunas. Admira que o autor tenha caído num equívoco tão palpável. Passo por cima de uma infinidade de outras asserções que me parecem outros tantos erros e que foram fortemente assinaladas pelos sábios críticos de que falei no final do prefácio.

VIII

"Não basta que haja na monarquia posições intermediárias, é preciso também um repositório de leis [...] A ignorância peculiar à nobreza, sua desatenção, seu desprezo pelo governo civil exigem que haja um corpo que faça incessantemente as leis saírem de sob a poeira, onde elas seriam sepultadas [...] Nos Estados despóticos, onde não existem leis fundamentais, tampouco existe um repositório de leis" (Livro II, Cap. IV).

Os sábios acima citados observaram que não é surpreendente que num país sem leis não haja repositório de leis. Mas poder-se-ia levantar objeções; poder-se-ia dizer que o autor referia-se tão-somente a leis fundamentais. Ao que eu perguntaria: Que entendeis por leis fundamentais? São leis primitivas que não se pode mudar? Porém a monarquia era fundamental para Roma e deu lugar a uma lei contrária.

A lei do cristianismo, ditada por Jesus Cristo, enunciou-se assim: "Não haverá entre vós um primeiro; quem quiser ser o primeiro haverá de ser o último." Ora vede, por favor, como essa lei fundamental foi executada. A bula de ouro de Carlos IV é vista como uma lei fundamental na Alemanha, onde foi derrogada em mais de um artigo. Porquanto os homens fizeram suas leis, é evidente que as podem abolir. Observe-se que nem Grotius, nem os autores do *Dicionário enciclopédico*, nem Montesquieu trataram das leis fundamentais.

Com relação à nobreza, à qual Montesquieu imputa tanta frivolidade, tanto desprezo pelo governo civil, tanta incapacidade de conservar registros, ele podia lembrar-se de que a dieta de Ratisbona, a Câmara dos Pares de Londres e o Senado de Veneza se compõem da mais antiga nobreza da Europa[11].

....

11. Aliás, como pode ser útil a um país o fato de uma corporação de homens ignorantes, levianos, cheios de desprezo pelo governo civil, ser elevada acima dos cidadãos? (K.)

IX

"A virtude não é de modo algum o princípio do governo monárquico. Nas monarquias, a política faz executar as grandes coisas com o mínimo de virtude possível [...] A ambição na ociosidade, a baixeza no orgulho, o desejo de enriquecer sem trabalho, a aversão pela verdade, a adulação, a traição, a perfídia, o abandono de todos os compromissos, o desprezo pelos deveres do cidadão, o medo da virtude do príncipe, a esperança em suas fraquezas e, mais que tudo isso, o ridículo perpétuo lançado sobre a virtude formam, creio eu, o caráter da maioria dos cortesãos, evidente em todos os lugares e em todos os tempos. Ora, é incômodo que os principais de um Estado sejam homens indignos, e os inferiores, homens de bem. [...] Porque, se no povo se encontra algum infeliz homem de bem, o cardeal de Richelieu, no seu *Testamento político*, insinua que um monarca deve evitar servir-se dele: tanto é verdade que a virtude não é a mola do governo monárquico"[12] (Livro III, Cap. V).

É uma coisa bastante singular que esses antigos lugares-comuns contra os príncipes e seus cortesãos sejam sempre recebidos por eles com condescendência, como cachorrinhos que latem e nos divertem. A primeira cena do quinto ato de *O pastor Fido* contém a mais eloqüente e mais tocante sátira que já se fez das cortes; ela foi muito bem acolhida por Filipe II e por todos os príncipes que viram essa obra-prima da pastoral.

---

12. Seria preciso verificar se em geral os senadores, numa aristocracia poderosa, são mais honestos do que os cortesãos de um monarca. (K.)

Ocorre com essas declamações o mesmo que com a sátira das *Mulheres* de Boileau: ela não impedia que houvesse mulheres muito honradas e respeitáveis. Da mesma forma, por mais mal que se diga da corte de Luís XIV, essas invectivas não impediram que, no tempo de seus maiores reveses, aqueles que lhe mereciam a confiança, os Beauvilliers, os Torcy, os Villars, os Villeroi, os Pontchartrain, os Chamillart fossem os homens mais virtuosos da Europa. Apenas o seu confessor Le Tellier não era geralmente reconhecido como um homem tão virtuoso.

Quanto à acusação que Montesquieu faz a Richelieu de haver dito que, "se encontrar um infeliz homem de bem[13], é preciso evitar servir-se dele", não é possível que um ministro que fosse pelo menos dotado de senso comum tenha tido a extravagância de dar ao seu rei um conselho tão abominável. O falsário[14] que forjou esse ridículo *Testamento* do cardeal de Richelieu disse exata-

....

13. O texto diz: "Porque se no povo se encontra um infeliz homem de bem, o cardeal de R., em seu *Testamento político, insinua que um monarca deve evitar* servir-se dele." E aqui se encontra uma nota assim concebida: "Não é preciso, diz-se, servir-se de homens do povo: eles são demasiado austeros e difíceis."

14. O abade de Bourzeis era considerado por Voltaire como o autor do *Testamento do cardeal de Richelieu*; ver *Écrivains Français*, Siècle de Louis XIV, I, *in* Voltaire, *Oeuvres complètes*, Garnier, Paris, 1878, tomo XIV, p. 46; o artigo ANA, ANECDOTES, *Dictionnaire Philosophique*, I, *in* Voltaire, *Oeuvres complètes*, Garnier, Paris, 1879, tomo XVII, p. 211; o artigo ÉTATS, GOUVERNEMENTS, *Dictionnaire Philosophique*, III, *in* Voltaire, *Oeuvres complètes*, *op. cit.*, tomo XIX, p. 31; o artigo SOLDAT, *Dictionnaire Philosophique*, IV, *in* Voltaire, *Oeuvres complètes*, *op. cit.*, tomo XX, p. 430; *Conseils a un Journaliste*, Mélanges, I, *in* Voltaire, *Oeuvres complètes*, *op. cit.*, tomo XXII, p. 258; *Des Mensonges Imprimés et du Testament Politique du Cardinal de Richelieu*, Mélanges, II, in Voltaire, *Oeuvres complètes*, *op. cit.*, tomo XXIII, p. 427; *Remarques de L'Essai sur les Moeurs*, XX, Mélanges, III, *in* Voltaire, *Oeuvres complètes*, *op. cit.*, tomo XXIV, p. 583; *Doutes Nouveaux sur le Testament attribué au Cardinal de Richelieu, et Arbitrage entre M. de Voltaire et M. de Foncemagne*, Mélanges, IV, *in* Voltaire, *Oeuvres complètes*, *op. cit.*, tomo XXV, pp. 277, 321.

mente o contrário. Já se observou isso mais de uma vez[15], e cumpre repeti-lo, pois não é permitido enganar assim a Europa. Eis aqui as próprias palavras do pretenso *Testamento* – está no Capítulo IV:

"Pode-se ousar dizer que, de duas pessoas cujo mérito seja igual, aquela que é mais abastada em seus negócios é preferível à outra, sendo certo que é preciso que um magistrado pobre tenha a alma de uma têmpera bem forte para não se deixar às vezes amolecer pela consideração dos seus próprios interesses. Assim, a experiência nos ensina que os ricos são menos sujeitos à concussão do que os outros e que a pobreza obriga um pobre oficial a ser muito cuidadoso com o produto de seu saque."

X

"Embora o governo monárquico careça de uma mola, ele dispõe de outra, a honra. [...] A natureza da honra é exigir preferências e distinções. Ela está, portanto, pela própria natureza das coisas, colocada no governo monárquico[16]" (p. 27, Livro III, Caps. VI e VII).

É evidente, pela própria natureza das coisas, que essas preferências, essas distinções, essas honras, essa hon-

---

15. Ver *Écrivains Français*, Siècle de Louis XIV, I, *in* Voltaire, *Oeuvres complètes*, Garnier, Paris, 1878, tomo XIV, p. 108; *Supplément*, parte III, Siècle de Louis XIV, II, *in* Voltaire, *Oeuvres complètes*, *op. cit.*, tomo XV, p. 138; *L'A, B, C, ou Dialogues entre A, B, C* (*Montesquieu*), Mélanges, VI, *in* Voltaire, Garnier, Paris, 1879, tomo XXVII, p. 316.

16. Ver diálogo entre A, B, C, primeira conversação (sobre Hobbes, Grotius e Montesquieu), Mélanges, VI, *in* Voltaire, *Oeuvres complètes*, *op. cit.*, tomo XXVII.

ra existam na república romana pelo menos tanto quanto nos remanescentes dessa república, que formam hoje tantos reinos. A pretura, o consulado, os machados, os feixes, o triunfo equivaliam às fitas de todas as cores e às dignidades de figurões domésticos.

XI

"A honra não é, em absoluto, o princípio dos Estados despóticos. Como aí os homens são todos iguais [...] e todos escravos, ninguém pode prevalecer a nada" (p. 28, Livro III, Cap. VIII).

Parece-me que é nos pequenos países democráticos que os homens são iguais, ou pelo menos afetam parecê-lo. Gostaria de saber se em Constantinopla um grão-vizir, um *beglier-bey*, um paxá de três caudas não são superiores a um homem do povo. Não sei, aliás, quais são os Estados que o autor chama de monárquicos e quais os despóticos. Receio que se confundam com demasiada freqüência uns com os outros.

XII

"É aparentemente nesse sentido que alguns cádis sustentaram que o Grão-Senhor não era obrigado a cumprir sua palavra ou seu juramento quando isso limitava sua autoridade" (Livro III, Cap. IX).

Ele cita Ricaut nessa passagem. Mas Ricaut diz apenas:

"Há mesmo quem sustente que o Grão-Senhor pode eximir-se das promessas que tenha feito por juramento quando, para cumpri-las, torna-se necessário impor limites à sua autoridade."

Ricaut fala aqui tão-só de uma seita de moral relaxada. Diz-se que tivemos entre nós seitas semelhantes.

O sultão dos turcos, e qualquer outro sultão, só pode prometer aos seus súditos ou às potências vizinhas. Se forem promessas aos seus súditos, não existe juramento. Se forem tratados de paz, é preciso observá-los ou fazer a guerra. O Alcorão não diz em lugar algum que se pode violar um juramento; e diz em cem passagens que é preciso cumpri-lo. Pode ser que, para empreender uma guerra injusta, como o são quase todas, o Grão-Turco reúna um conselho de consciência; pode ser que alguns doutores muçulmanos tenham imitado alguns outros doutores que disseram não ser necessário cumprir a palavra dada nem aos infiéis nem aos heréticos[17]. Mas resta saber se essa jurisprudência é a dos turcos.

O autor do *Espírito das leis* dá essa pretensa decisão dos cádis como prova do despotismo do sultão. Parece-me que ela seria, ao contrário, uma prova de que ele está submetido às leis, já que seria obrigado a consultar os doutores para se colocar acima das leis. Somos vizinhos dos turcos, mas não os conhecemos. O conde de Marsigli, que viveu tanto tempo no meio deles, diz que nenhum autor forneceu um verdadeiro conhecimento nem do seu império, nem de suas leis. Não tivemos sequer uma tradução tolerável do Alcorão antes da que nos ofereceu o inglês Sale em 1734. Quase tudo o que se disse de sua religião e de sua jurisprudência é falso; e as

....
17. Ver *Essai sur les Moeurs*, II, Cap. LXXXIX, in Voltaire, *Oeuvres complètes*, Garnier, Paris, 1878, tomo XII, pp. 95-6.

conclusões que se tiram todos os dias contra eles são muito pouco fundamentadas. Não se deve, no exame das leis, citar senão as leis reconhecidas.

XIII

"Nas monarquias, as leis da educação terão por objeto a honra; nas repúblicas, a virtude; e no despotismo, o medo" (Livro IV, Cap. I).

Eu ousaria crer que o autor tem toda a razão, pelo menos em certos países. Vi filhos de criados de quarto a quem se dizia: "Senhor marquês, procure agradar o rei." Ouvi dizer que nos serralhos do Marrocos e da Argélia se gritava: "Cuidado com o grão-eunuco negro", e que em Veneza os governantes diziam aos meninos: "Ama a república." Tudo isso se modifica de mil maneiras, e cada um desses três ditados poderia produzir um grosso livro.

XIV

"Numa monarquia, é preciso colocar nas virtudes uma certa nobreza; nos costumes, uma certa franqueza; nas maneiras, uma certa polidez" (pp. 33 ss., Livro IV, Cap. II).

Tais máximas nos pareceriam convenientes na *Arte de tornar-se agradável na conversação*, do padre de Bellegarde, ou nos *Meios de agradar*, de Moncrif: nossos discursos feitos de nadas teriam logrado entender-se às maravilhas acerca dessas trivialidades, que são de todos os países e que nada têm a ver com as leis.

XV

"Hoje em dia recebemos três educações diferentes ou contrárias; a de nossos pais, a de nossos mestres, a do mundo [...] Há um grande contraste nos compromissos da religião e nos do mundo, coisa que os antigos desconheciam" (p. 38, Livro IV, Cap. IV).

É bem verdade que entre os dogmas recebidos na infância e as noções que o mundo comunica medeia uma distância imensa, uma antipatia invencível.

É também verdade que os gregos e os romanos não puderam conhecer essa antipatia. Não se lhes ensinava desde o berço senão fábulas, alegorias, emblemas que logo se tornavam a regra e a paixão de toda a sua vida. Seu valor não podia desprezar o deus Marte. O emblema de Vênus, das Graças e dos Amores não podia chocar um rapaz apaixonado. Se ele brilhava no Senado, não podia desprezar Mercúrio, o deus da eloqüência. Via-se cercado de deuses que lhe protegiam os talentos e os desejos. Temos em nossa educação uma vantagem bem superior: aprendemos a submeter o nosso juízo e as nossas inclinações a coisas divinas, que nossa fraqueza jamais pode compreender.

XVI

"Licurgo, mesclando o furto ao espírito de justiça, a mais dura escravidão à extrema liberdade etc., deu estabilidade à sua cidade" (p. 40, Livro IV, Cap. VI).

Eu ousaria dizer que não existiria furto numa cidade onde não houvesse nenhuma propriedade, nem mesmo a da nossa mulher. O furto era o castigo daquilo que se chama o pessoal, o egoísmo. Era desejável que um menino pudesse roubar aquilo de que um espartano se apropriasse; mas era preciso que esse menino fosse probo: se tomasse grosseiramente, seria punido; é uma educação de cigano. De resto, não conhecemos os regulamentos da organização social da Lacedemônia; apenas temos alguma idéia deles por alguns fragmentos de Plutarco, que viveu muito tempo depois de Licurgo[18].

XVII

"O Sr. Penn é um verdadeiro Licurgo" (p. 40, Livro IV, Cap. VI).

Não conheço nada de mais contrário a Licurgo do que um legislador e um povo que têm horror a qualquer guerra.

Faço votos ardentes para que Londres não force os bons pensilvanianos a se tornarem tão maus quanto nós e os antigos lacedemônios, que fizeram a desgraça da Grécia.

....
18. A história dos lacedemônios só começa a ser um pouco certa na altura da guerra de Xerxes; e então o que se vê é apenas um povo intrépido, é verdade, porém feroz e tirânico. É bem provável que tenha havido belos séculos na Lacedemônia [Esparta] como os houve na primitiva Igreja, aquele tempo em que todos os capuchinhos morriam em odor de santidade, a idade de ouro etc. Aliás, nada corresponde à crueldade exercida contra os hilotas e que remonta a esses belos séculos. Pode-se ser muito ignorante, ter muito espírito, ser temperante, amar até ao furor a liberdade ou o engrandecimento da república, e no entanto ser muito mau e corrupto. (K.)

XVIII

"O Paraguai pode fornecer-nos outro exemplo. Quisse fazer disso um crime contra a *Sociedade*, que considera o prazer de comandar o único bem da vida. Mas sempre haverá de ser belo governar os homens tornando-os mais felizes" (p. 40, Livro IV, Cap. VI).

Sem dúvida nada é mais belo do que governar para fazer homens felizes, e é com essa visão que o autor chama a ordem dos jesuítas de *sociedade* por excelência. Entretanto, o Sr. de Bougainville nos ensina que os jesuítas mandavam chicotear as nádegas dos pais de família no Paraguai. Faz-se a felicidade dos homens tratando-os como escravos ou como crianças? Essa vergonhosa pedantaria era tolerável?

Mas os jesuítas ainda eram poderosos quando Montesquieu escrevia.

XIX

"Os epidamnianos, vendo que seus costumes se corrompiam pelo contato com os bárbaros, elegeram um magistrado para fazer todas as transações em nome da cidade e para a cidade" (p. 41, Livro IV, Cap. VI).

Os epidamnianos eram os habitantes de Dirráquio, hoje Durazzo; citas ou celtas tinham vindo estabelecer-se nas vizinhanças. Plutarco diz[19] que todos os anos esses epidamnianos nomeavam um comissário designado para traficar em nome da cidade com esses estrangeiros.

---

19. Plutarco, *Questões gregas*, parágrafo 29.

Esse comissário não era um magistrado, mas um corretor, *poletés*; mas que importa? Os que criticaram sabiamente *O espírito das leis* dizem que, caso se enviasse um conselheiro do parlamento para fazer todas as transações da cidade de Paris, nem por isso o seu comércio melhoraria.

Mas que relação tantas vãs questões têm com a legislação? É mesmo verdade que os epidamnianos tinham por objetivo a conservação dos costumes? Como esses bárbaros teriam corrompido os gregos? Essa instituição não era antes o efeito de um espírito de monopólio? Talvez se venha a dizer um dia que foi para conservar os nossos costumes que estabelecemos a Companhia das Índias. Confessemos com a Sra. du Deffant[20] que muitas vezes *O espírito das leis* é o espirituoso sobre as leis.

XX

Capítulo VIII do Livro IV: "Explicação de um paradoxo dos antigos em relação aos costumes." Trata-se de música e de amor (pp. 52 ss.).

O autor baseia-se numa passagem de Políbio, mas sem citá-lo. Diz que "a música era necessária aos árcades, que habitavam um país onde o ar é triste e frio", e termina por dizer que, "segundo Plutarco, os tebanos estabeleceram o amor dos rapazes para lhes abrandar os

---

20. Ver artigo LOIS (Esprit des), *Dictionnaire Philosophique*, IV, *in* Voltaire, *Oeuvres complètes*, Garnier, Paris, 1879, tomo XX, p. 14; *Pensées sur le Gouvernement*, XXIX, XXXI, Mélanges, II, *in* Voltaire, *Oeuvres complètes, op. cit.*, tomo XXIII, p. 533.

costumes". Este último traço seria um divertido espírito das leis. Examinemos ao menos a música. Esse assunto é interessante no tempo em que vivemos.

Parece bastante provado que os gregos entenderam inicialmente pela palavra *música* todas as belas-artes. Prova disso é que mais de uma musa presidia a uma arte que não tem nenhuma relação com a música propriamente dita, como Clio à história, Urânia ao conhecimento do céu, Polímnia à gesticulação. Elas eram filhas da Memória, para assinalar que o dom da memória é efetivamente o princípio de tudo e que sem ela o homem estaria abaixo dos animais.

Essas noções parecem ter sido transmitidas aos gregos pelos egípcios. Vemo-lo pelo *Mercúrio Trismegisto*, traduzido do egípcio para o grego, único livro que nos resta daquelas imensas bibliotecas do Egito. Aí se fala a todo momento da harmonia da música com a qual Deus dispôs as esferas do universo. Toda espécie de arranjo e de ordem foi portanto considerada música na Grécia, e por fim essa palavra passou a ser aplicada unicamente à teoria e à prática dos sons da voz e dos instrumentos. As leis, as atas públicas eram anunciadas ao povo em música. Sabe-se que a declaração de guerra contra Filipe, pai de Alexandre, foi cantada na grande praça de Atenas. Sabe-se que Filipe, após sua vitória em Queronéia, insultou os vencidos cantando o decreto de Atenas feito contra ele e marcando o compasso.

Foi portanto primeiro essa música, tomada no sentido mais amplo, essa música que significa a cultura das belas-artes, a que poliu os costumes dos gregos e sobretudo os dos árcades.

... Soli cantare periti
Arcades*[21].

Percebo ainda menos como o amor dos rapazes pode entrar no código de Montesquieu. Envergonhamo-nos, diz ele (p. 45), de ler em Plutarco que os tebanos, para abrandar os costumes de seus jovens, estabeleceram pelas leis um amor que vivia a ser proscrito por todas as nações do mundo.

Por que um filósofo como Montesquieu acusa um filósofo como Plutarco de ter feito o elogio dessa infâmia? Plutarco, na vida de Pelópidas, se exprime assim: "Pretende-se que Górgidas foi o primeiro a levantar o batalhão sagrado, e que o compôs de trezentos homens escolhidos, mantidos a expensas da cidade, unidos pelos juramentos da amizade [...] como Iolas se uniu a Hércules. Esse batalhão provavelmente foi chamado de sagrado, como Platão chama de sagrado um amigo conduzido por um deus [...] Diz-se que essa tropa se manteve invencível até a batalha de Queronéia. Filipe, visitando os mortos e vendo esses trezentos guerreiros estendidos uns após outros e cobertos de nobres ferimentos, deu-lhes lágrimas e exclamou: 'Pereçam todos os que porventura suspeitarem que tão bravos homens tenham podido suportar ou cometer coisas vergonhosas!'"

Plutarco confessa que eles foram caluniados: mas lhes justifica a memória. De boa-fé, estava ali um regimento de sodomitas? Será que Montesquieu devia usar

---

* Os árcades, únicos cantores hábeis. [N. do R.]
21. Virgílio, *Écloga* X, 32-33.

contra eles o testemunho de Plutarco? Com demasiada freqüência lhe sucede falsificar assim os textos de que se utiliza.

XXI

"Para amar a frugalidade, é preciso usufruí-la. Não serão os que estão corrompidos pelas delícias que amarão a vida frugal. E, se isso tivesse sido natural e comum, Alcibíades não teria sido alvo da admiração do universo" (pp. 48-9, Livro V, Cap. IV).

Não pretendo fazer críticas gramaticais a um homem de gênio; mas gostaria que um escritor tão espiritual e tão viril usasse de outra expressão que não a de usufruir a frugalidade. Gostaria muito mais que ele não dissesse que Alcibíades foi admirado pelo universo por ter-se conformado na Lacedemônia à sobriedade dos espartanos. Não há nenhuma necessidade, a meu ver, de prodigalizar assim os aplausos do universo. Alcibíades era um simples cidadão, rico, ambicioso, vaidoso, devasso, insolente, de caráter versátil. Não vejo nada de admirável em ter passado, durante algum tempo, uns maus bocados com os lacedemônios, quando ele está condenado em Atenas por um povo mais vaidoso, mais insolente e mais leviano do que ele, tolamente supersticioso, ciumento, inconstante, passando a cada dia da temeridade à consternação, digno enfim do opróbrio no qual ele afunda covardemente há tantos séculos sobre os despojos da glória de alguns grandes homens e de alguns artistas engenhosos. Vejo em Alcibíades um bravo aturdido que não merece decerto a admiração do universo por ter corrompido a mulher de Ágis, seu anfitrião e protetor, por ter-se feito expulsar de Esparta, por ter sido obrigado a mendigar um novo asilo junto a um sátrapa persa e por perecer ali nos braços de uma cortesã. Plutarco e Montesquieu não me impressionam; admiro muito Catão e Marco Aurélio para admirar Alcibíades.

Passo por cima de uma dúzia de páginas sobre a monarquia, o despotismo e a república, porque não quero indispor-me nem com o Grão-Turco, nem com o Grão-Mogol, nem com a milícia da Argélia. Farei apenas duas ligeiras observações históricas sobre os dois capítulos a seguir.

XXII

Capítulo XII, Livro V: "Que não se busque a magnanimidade nos Estados despóticos. O príncipe não ofereceria aqui uma grandeza que ele próprio não tem. Nele não existe glória" (p. 65).

Esse capítulo é curto; será por isso mais verdadeiro? Não se pode, parece-me, refutar a magnanimidade em um guerreiro justo, generoso, clemente, liberal. Vejo três grandes vizires, Kiuperli ou Kuprogli, que têm essas qualidades. Se aquele que tomou Cândia, sitiada durante dez anos, não tem ainda a celebridade dos heróis do cerco de Tróia, tinha mais virtude e será mais estimado pelos verdadeiros conhecedores do que um Diomedes ou um Ulisses. O grão-vizir Ibrahim[22], que na última revolução

---

22. Ibrahim Molla ou Mollar, cuja origem Voltaire relata (*Histoire de Charles XII*, sétimo livro, *in* Voltaire, *Oeuvres complètes*, Garnier, Paris, 1878, tomo XVI, p. 311), e que, em 1713, foi estrangulado entre duas portas, como Voltaire disse no tomo XVI, p. 315.

se sacrificou para conservar o império de seu senhor Ahmet III e que esperou de joelhos a morte durante seis horas, era certamente dotado de magnanimidade.

XXIII

Capítulo XIII, Livro V: "Quando os selvagens da Luisiânia querem frutas, cortam a árvore pelo pé e colhem as frutas. Eis o governo despótico" (p. 65).

Esse capítulo é ainda um pouco mais curto; é um antigo provérbio espanhol.

O sábio rei Afonso VI[23] dizia: *desbaste sem abater*. Isso é ainda mais curto. É o que Saavedra repete nas suas *Meditações*; é o que don Ustaritz, verdadeiro homem de Estado, não cessa de recomendar na sua *Teoria prática do comércio*: "O lavrador, quando tem necessidade de lenha, corta um ramo, e não o pé da árvore." Mas essas máximas só são empregadas para dar mais força às sábias representações que Ustaritz faz ao rei seu senhor.

É verdade que nas cartas intituladas edificantes, e mesmo curiosas, décima primeira coletânea, p. 315, um jesuíta chamado Marest fala assim dos nativos da Luisiânia: "Nossos selvagens não estão acostumados a colher os frutos nas árvores. Acham melhor abater a própria árvore. O que é causa de não haver quase nenhuma árvore frutífera nos arredores da aldeia."

....
23. Afonso VI é um erro do secretário a quem Voltaire ditava e que deve ter entendido mal: é Afonso X, cognominado *o Sábio*; e é na compilação de suas leis, conhecida sob o nome de *Las Siete Partidas*, que ele formula a máxima referida por Voltaire. (B.)

Ou o jesuíta que conta essa imbecilidade é bem crédulo ou a natureza humana dos mississipianos não é feita como a natureza humana do resto do mundo. Não existe selvagem que não perceba que uma macieira cortada deixa de dar maçãs. Ademais, não existe selvagem a quem não seja mais fácil e mais cômodo colher o fruto do que abater a árvore. Porém o jesuíta Marest acreditou estar dizendo uma frase de espírito.

XXIV

"Na Turquia, quando um homem morre sem filhos varões, o Grão-Senhor fica com a propriedade; as filhas ficam apenas com o usufruto" (p. 60, Livro V, Cap. XIV).

Não é bem assim: o Grão-Senhor tem direito a ficar com todo o mobiliário dos varões mortos a seu serviço, como os bispos entre nós ficam com o mobiliário dos curas; os papas, com o mobiliário dos bispos; mas o Grão-Turco divide sempre com a família, o que os papas nem sempre faziam. A parte das filhas é regulada. Ver a surata ou capítulo IV do Alcorão.

XXV

"Pela lei de Bantam, o rei fica com a sucessão e mesmo com a mulher, os filhos e a casa" (Livro V, Cap. XIV).

Por que esse bom rei de Bantam aguarda a morte do chefe de família? Se tudo lhe pertence, por que ele não toma o pai com a mãe?

É possível que um homem sério se digne falar tão amiúde das leis de Bantam, de Macassar, de Bornéu, de Achem? Que repita tantos contos de viajantes, ou antes, de homens erradios que disseminaram tantas fábulas, que tomaram tantos exageros por leis, que, sem sair da feitoria de um mercador holandês, penetraram nos palácios de tantos príncipes da Ásia?

XXVI

"É um uso nos países despóticos não abordar quem quer que esteja acima de si sem lhe dar um presente, nem mesmo os reis. O imperador mogol não recebe as solicitações de seus súditos se não tiver recebido alguma coisa. Esses príncipes chegam ao ponto de corromper suas próprias graças" (p. 74, Livro V, Cap. XVII).

Creio que esse costume achava-se estabelecido entre os régulos lombardos, ostrogodos, visigodos, borguinhões, francos. Mas como faziam os pobres que pediam justiça? Os reis da Polônia continuaram até os nossos dias a receber presentes em certas épocas do ano. Joinville reconhece que São Luís os recebia como qualquer outro. Ele lhe diz um dia, com sua costumeira ingenuidade, ao sair de uma longa audiência particular que o rei concedera ao abade de Cluny: "Não é verdade, *sire*, que os dois belos cavalos que esse monge vos deu prolongaram um pouco a conversa?"

XXVII

"A venalidade dos cargos é boa nos Estados monárquicos porque transforma num negócio familiar aquilo que não se desejaria empreender pela virtude"[24] (p. 70, Livro V, Cap. XIX).

A função divina de fazer justiça, de dispor da fortuna e da vida dos homens, um negócio de família! Com base em que razões engenhosas o autor sustenta uma tese tão indigna dele? Eis como ele se explica: "Platão não tolera essa venalidade; é, diz ele, como se num navio se fizesse de alguém um piloto por seu dinheiro [...] Mas Platão fala de uma república fundada na virtude, e nós falamos de uma monarquia" (p. 79, Livro V, Cap. XIX).

Uma monarquia, segundo Montesquieu, está pois fundada apenas em vícios? Mas por que a França é a única monarquia do universo que se maculou com esse opróbrio da venalidade convertida em lei do Estado? Por que esse estranho abuso só foi introduzido ao cabo de mil e cem anos? Sabe-se bem que esse monstro nasceu de um rei então indigente e pródigo e da vaidade de alguns cidadãos cujos pais tinham amealhado dinheiro. Sempre se invectivou esse abuso com gritos impotentes, porque seria preciso reembolsar os ofícios que se havia vendido[25]. Seria mil vezes melhor, diz um sábio juriscon-

---

24. Será por virtude que se aceita na Inglaterra o cargo de juiz da bancada do rei, que se solicitava em Roma o cargo de pretor? Como! Não se encontrariam conselheiros para julgar nos parlamentos da França se lhes fossem dados cargos gratuitamente? (K.)

25. Voltaire já disse isso em suas *Questões sobre a Encyclopédie*, artigo LOIS (Esprit des), *Dictionnaire Philosophique*, IV, *in* Voltaire, *Oeuvres complètes*, Garnier, Paris, 1879, tomo XX, p. 3.

sulto, vender os tesouros de todos os conventos e a prataria de todas as igrejas do que vender a justiça. Quando Francisco I tomou a grade de prata de Saint-Martin, não fez mal a ninguém; São Martinho não se queixou disso; passou muito bem sem a sua grade. Mas vender publicamente o cargo de juiz e fazer esse juiz jurar que não o comprou é uma tolice sacrílega que constituiu uma das nossas modas[26].

XXVIII

"Fica-se espantado com a punição daquele areopagita que matara um pardal que, perseguido por um gavião, se refugiara em seu seio.

"Fica-se surpreendido de que o areopagita tenha matado uma criança que furara os olhos do seu pássaro. Atente-se que não se trata aqui absolutamente de uma condenação por crime, mas de um julgamento consuetudinário numa república fundada nos costumes" (p. 79, Livro V, Cap. XIX).

Não, não me surpreendo com esses dois julgamentos atrozes, porque não acredito neles; e um homem como Montesquieu também não devia acreditar. Conquanto se reprovem aos atenienses muitas inconseqüências, levian-

---

26. A venalidade, suprimida em 1771, foi restabelecida em 1774. É um mal para o qual a obra de Montesquieu contribuiu. Quando um uso funesto, sustentado pelo interesse e pelo preconceito, pode ainda se apoiar na opinião de um homem ilustre, ele permanece por muito tempo indestrutível. Quanto ao juramento, deixou-se de exigi-lo desde que a magistratura deixou de acreditar que a venalidade era um abuso contra o qual ela não deveria jamais se cansar de protestar. (K.)

dades cruéis, más ações e má conduta, não penso que eles tenham cometido o absurdo tão ridículo quanto bárbaro de matar homens e crianças por causa de pardais. Esse é um julgamento consuetudinário, diz Montesquieu[27]; que costumes! O quê! Não há uma dureza de costumes mais horrível em matar o vosso compatriota do que em torcer o pescoço de um pardal ou de lhe furar o olho?

Falais-me incessantemente de monarquia fundada na honra e de república fundada na virtude. Atrevo-me a dizer-vos que virtude e honra existem em todos os governos.

Digo-vos que a virtude não teve nenhuma participação no estabelecimento nem de Atenas, nem de Roma, nem de São Marino, nem de Ragusa, nem de Genebra. Erige-se a república quando se pode fazê-lo. Então a ambição, a vaidade, o interesse de cada cidadão velam pelo interesse, pela vaidade, pela ambição de seu vizinho; cada qual obedece de bom grado às leis pelas quais deu o seu sufrágio; ama-se o Estado do qual se é senhor em um centésimo de milésimo se a república tem cem mil burgueses. Não há aí nenhuma virtude. Quando Genebra sacudiu o jugo do seu conde e do seu bispo, a virtude não se imiscuiu nessa aventura. Se Ragusa é livre, que não agradeça por isso à virtude, mas aos vinte e cinco

....

27. Uma república fundada sobre os costumes, onde se pune com a morte, arbitrariamente, ações que indicam disposições para a crueldade! Não se verá antes, nesses julgamentos, o arrebatamento de um povo selvagem e bárbaro, mas que começa a apreender algumas idéias de humanidade? Não será ainda mais provável que se trate de contos, como tantos outros julgamentos célebres, desde o do areópago em favor de Minerva até os de Sancho Pança em sua ilha? (K.)

mil escudos de ouro que ela paga todos os anos à Porta Otomana. Que São Marino agradeça o papa por sua situação, por sua pequenez, por sua pobreza. Se é verdade que Lucrécia (coisa muito duvidosa) conseguiu expulsar os reis de Roma matando-se depois de ter-se deixado violar, há virtude em sua morte, isto é, há coragem e honra, conquanto tenha havido um pouco de fraqueza em deixar o jovem Tarqüínio cometer seu ato. Mas não vejo por que os romanos seriam mais virtuosos ao expulsar Tarqüínio, o Soberbo, do que os ingleses ao destituir Jaime II. Não concebo sequer que um grisão, ou um burguês de Zug, deva ter mais virtude do que um homem domiciliado em Paris ou em Madri.

Quanto à cidade de Atenas, ignoro se Cécrope foi seu rei no tempo em que ela não existia. Ignoro se Teseu o foi antes ou depois de ter feito a viagem ao inferno. Acreditarei, se se quiser, que os atenienses tiveram a generosidade de abolir a realeza depois que Codro se sacrificou por eles. Pergunto apenas se esse rei Codro, que se sacrifica pelo seu povo, não tinha alguma virtude. Na verdade, todas essas questões sutis são por demais delicadas para ter qualquer solidez. É preciso repetir[28], é espirituosidade sobre as leis.

XXIX

"Nas monarquias não há nenhuma necessidade de censores. Elas se fundam sobre a honra; e a natureza da honra é ter por censor todo o universo" (p. 79, Livro V, Cap. XIX).

....
28. Ver acima, parágrafo XIX.

Que significa essa máxima? Todo homem não tem por censor o universo, desde que o conheça? Os próprios gregos, do tempo de seu Sófocles até o de seu Aristóteles, acreditaram que o universo tinha os olhos postos neles. Sempre a espirituosidade; mas, aqui, não sobre as leis[29].

XXX

"Na Turquia se acaba prontamente com as disputas. A maneira de acabar com elas é indiferente, contanto que se acabe com elas. O paxá, informado a tal respeito, manda distribuir bastonadas a seu bel-prazer na planta dos pés dos litigantes e os manda para casa" (p. 84, Livro VI, Cap. II).

Essa brincadeira seria apropriada para a Comédia Italiana. Não sei se é conveniente num livro de legislação; aqui seria preciso procurar apenas a verdade. É falso que em Constantinopla um paxá se meta a fazer justiça. É como se disséssemos que um brigadeiro, um marechal-de-campo fizesse o papel de lugar-tenente civil ou de lugar-tenente criminal. Os cádis são os primeiros juízes; estão subordinados aos cadileskers, e os cadileskers ao vi-

....

29. A censura é muito boa, em geral, para manter num povo os preconceitos úteis aos que governam, para conservar numa corporação todos os vícios que nascem do espírito corporativo: a censura foi estabelecida pelo senado em Roma com o fim de contrabalançar o poder dos tribunos. Era um instrumento de tirania. Tomaram-se os costumes como pretexto; aproveitou-se o ódio natural que o povo tem pelos ricos. O medo de ser degradado pelo censor deve ser tanto mais terrível quanto se é mais sensível à honra, às distinções, às prerrogativas. Homens guiados pela virtude ririam dos julgamentos dos censores e empregariam a sua eloqüência para fazer abolir essa instituição ridícula. (K.)

zir-azem, que julga ele próprio com os vizires do conselho. O imperador assiste freqüentemente à audiência escondido atrás de uma persiana; e o vizir-azem, nas causas importantes, lhe pede sua decisão por um simples bilhete, no qual o imperador decide em duas palavras. O processo se instrui sem o menor rumor, com a maior prontidão. Nada de advogados, menos ainda de procuradores e de papel timbrado. Cada qual defende a sua causa sem ousar erguer a voz. Nenhum processo pode durar mais de dezessete dias. Resta saber se a nossa chicana, nossas defesas tão prolixas, tão repetidas, tão fastidiosas, tão insolentes; essas imensas pilhas de papel amontoado fornecidas por aquelas harpias que são os procuradores, essas taxas ruinosas impostas a todos os documentos que é preciso timbrar e produzir, tantas leis contraditórias, tantos labirintos que eternizam entre nós os processos; resta, pois, saber se esse terrível caos vale mais que a jurisprudência dos turcos, fundada no senso comum, na eqüidade e na prontidão. Era a corrigir as nossas leis que Montesquieu devia dedicar a sua obra, e não a ridicularizar o imperador do Oriente, o grão-vizir e o divã[30].

XXXI

"Quando Luís XIII quis ser juiz no processo do duque de La Valette [...], o presidente Bellièvre afirmou ver

....

30. Quando as leis são muito simples, não existe praticamente processo no qual uma das duas partes não seja um notório patife porque as discussões se fazem sobre fatos, e não sobre o direito. Eis por que se faz no Oriente um amplo uso das testemunhas nas questões civis, e é por isso que às vezes se aplicam bastonadas aos litigantes e às testemunhas que abusarem da justiça. (K.)

nessa questão, uma coisa estranha, um príncipe opinar no processo de um dos seus súditos etc."

O autor acrescenta que então o rei seria juiz e parte; que perderia o mais belo atributo da soberania, o de perdoar etc. (pp. 88-9, Livro VI, Cap. V).

Eis, até aqui, a única passagem em que o autor fala das nossas leis no seu *Espírito das leis*; e infelizmente, embora tenha sido presidente em Bordeaux, ele se engana. Era originariamente um direito do pariato que um par acusado criminalmente fosse julgado pelo rei, seu principal par. Francisco II opinara no processo contra o príncipe de Condé, tio de Henrique IV. Carlos VII dera o seu voto no processo do duque de Alençon, e o próprio parlamento assegurara que era seu dever estar à testa dos juízes. Hoje a presença do rei no julgamento de um par, para condená-lo, pareceria um ato de tirania. Assim tudo muda. Quanto ao direito de perdoar, de que o autor diz que o príncipe se privaria se fosse juiz, é evidente que nada o privaria de condenar e de perdoar.

Sou forçado a me abster de várias outras questões, sobre as quais teria esclarecimentos a pedir. Cumpre ser breve, e há muitos livros. Mas detenho-me um instante na seguinte anedota.

XXXII

"Setenta pessoas conspiraram contra o imperador Basílio. Ele mandou fustigá-las; queimaram-lhes os cabelos e a barba. Como um cervo o apanhasse pela cinta, alguém de seu séquito sacou da espada, cortou a cinta e libertou-o. Ele mandou decepar-lhe a cabeça... Quem poderia pensar que, sob o mesmo príncipe, se tivesse pronunciado esses dois julgamentos?" (p. 102, Livro VI, Cap. XVI).

O espírito das leis está cheio dessas histórias, que não têm seguramente nenhuma relação com as leis. É verdade que na miserável *História bizantina*, monumento da decadência do espírito humano, da superstição mais tola e de toda espécie de crimes, encontra-se esse relato, tomo III, p. 576, tradução de Cousin.

Cabe ao presidente Cousin e ao presidente Montesquieu procurar a razão pela qual o extravagante tirano Basílio não ousou punir com a morte os cúmplices de uma conjuração contra ele e a razão ou a demência que o forçou a assassinar aquele que lhe salvara a vida. Mas, se fosse preciso investigar por que tantos tiranos vulgares cometeram tantas extravagâncias e tantas barbáries, a vida não bastaria; e que fruto poderia advir daí? O que há de comum entre a inepta crueldade de Basílio e *O espírito das leis?*

XXXIII

"Uma grande mola dos governos moderados são as cartas de perdão. *Executado*[31] com sabedoria, esse poder que o príncipe tem de perdoar pode ter efeitos admiráveis. O princípio do governo despótico, que não perdoa e a quem nunca se perdoa, priva-o dessas vantagens" (p. 103, Livro VI, Cap. XVI).

....
31. Ele quer dizer *empregado*; não se executa um poder. (*Nota de Voltaire.*)

Semelhante decisão, e outras nesse estilo, tornam, a meu ver, *O espírito das leis* bem precioso. Eis o que não têm nem Grotius, nem Puffendorf, nem todas as compilações sobre o direito das gentes. Sabe-se que *despotismo* é empregado como equivalente de *tirania*. Por que, afinal, um déspota não pode conceder cartas de perdão tanto quanto um monarca? Onde está a linha que separa o governo monárquico e o despótico?

A monarquia começava a ser um poder muito mitigado, muito restrito na Inglaterra, quando se obrigou o infeliz Carlos I a não conceder o perdão ao seu favorito, o conde Strafford. Henrique IV, na França, rei que ainda mal se firmara, podia conceder cartas de perdão ao marechal de Biron; e quem sabe esse ato de clemência, que faltou a esse grande homem, teria abrandado o espírito da Liga e detido a mão de Ravaillac.

O fraco e cruel Luís XIII devia perdoar De Thou e Marillac.

Não se deveria falar das leis e dos costumes indianos e japoneses, que se conhecem tão pouco, quando há tanta coisa a dizer sobre os nossos, que se deve conhecer.

XXXIV

"Nossos missionários falam-nos de um vasto império da China [...] que mistura em seu princípio o medo, a honra e a virtude [...] Ignoro o que seja essa honra da qual se fala entre os povos em que nada se faz senão a poder de bastonadas. Nossos comerciantes estão longe de nos dar uma idéia dessa virtude de que falam nossos missionários" (p. 142, Livro VIII, Cap. XXI).

Novamente eu gostaria que o autor tivesse falado mais das virtudes que nos concernem e que não tivesse ido procurar incertezas a seis mil léguas. Tudo o que conhecemos da China provém dos documentos autênticos, recolhidos nos próprios locais e reunidos por Duhalde e que são incontestes.

Os escritos morais de Confúcio, publicados seiscentos anos antes da nossa era, quando quase toda a nossa Europa vivia de bolotas nas suas florestas; as ordenações de tantos imperadores, que são exortações à virtude; as próprias peças de teatro que as ensinam e cujos heróis se entregam à morte para salvar a vida de um órfão[32]; tantas obras-primas de moral traduzidas na nossa língua: tudo isso não se fez a poder de bastonadas. O autor imagina ou quer fazer crer que na China existe apenas um déspota e cento e cinqüenta milhões de escravos que são governados como bichos de quintal. Esquece-se esse grande número de tribunais subordinados uns aos outros; esquece-se que, quando o imperador Kang-hi quis obter para os jesuítas a permissão para que ensinassem o seu cristianismo, ele próprio dirigiu sua petição a um tribunal.

Creio efetivamente que existem, nesse país tão singular, preconceitos ridículos, ciúmes de cortesãos, ciúmes de corporação, ciúmes de mercadores, ciúmes de autores, intrigas, patifarias, maldades de todo tipo, como em outros lugares; mas não nos é dado conhecer os seus pormenores. É provável que as leis dos chineses sejam bastante boas, já que sempre foram adotadas pelos seus

---

32. É o tema da tragédia *O órfão da China*, Avertissement, *Théatre, IV*, in Voltaire, *Oeuvres complètes*, Garnier, Paris, 1877, tomo V, p. 291.

vencedores e visto que duraram tanto tempo. Se Montesquieu quer persuadir-nos de que as monarquias da Europa, estabelecidas por godos, gépidas e alanos, se fundam na honra, por que quer tirar a honra à China?

XXXV

"Nas cidades gregas o amor tinha uma única forma, que não se ousa dizer."

E em nota ele cita Plutarco, a quem faz dizer: "*Quanto ao verdadeiro amor, as mulheres não têm nele nenhuma participação.* Plutarco falava como o seu século" (p. 116, Livro VII, Cap. IX).

Montesquieu passa da China à Grécia para caluniar a ambas. Plutarco, que ele cita, diz exatamente o contrário daquilo que ele o faz dizer. Plutarco, em seu *Tratado sobre o amor*, faz falar vários interlocutores. Protógenes invectiva contra as mulheres, mas Dafneu tece-lhes o elogio. Plutarco, no fim do diálogo, decide por Dafneu: confere ao amor celeste e ao amor conjugal o primeiro lugar entre as virtudes. Cita a história de Cama e a de Eponina, mulher de Sabino, como exemplos da mais corajosa virtude.

Todos esses equívocos do autor do *Espírito das leis* fazem lamentar que um livro que podia ser tão útil não tenha sido composto com suficiente exatidão e que nele a verdade seja tão freqüentemente sacrificada ao que se chama de *bel esprit**.

....
* Pedantaria. [N. do R.]

XXXVI

"A Holanda é formada por cerca de cinqüenta repúblicas, todas diferentes umas das outras" (p. 146, Livro IX, Cap. I).

Eis aí um grande equívoco. E para cúmulo ele cita Janiçon, que não disse uma só palavra a tal respeito e que era por demais atento para deixar escapar semelhante despautério. Acho que posso ver o que levou o engenhoso Montesquieu a incorrer nesse erro: é que existem cinqüenta e seis cidades nas sete províncias unidas; e, como cada cidade tem o direito de votar em sua província para formar o sufrágio nos estados gerais, ele deve ter tomado cada cidade por uma república.

XXXVII

"Muitas vezes ouvi deplorar a cegueira do conselho de Francisco I, que repeliu Cristóvão Colombo, que lhe propunha as Índias. Na verdade, fez-se talvez por imprudência uma coisa bem sábia" (Tomo II, p. 55, Livro XXI, Cap. XXII).

Deparo por acaso com esse outro equívoco, mais espantoso ainda do que os demais. Quando Colombo apresentou as suas propostas, Francisco I ainda não tinha nascido. Colombo não pretendia ir à Índia, mas encontrar terras no caminho para a Índia, de Ocidente para Oriente. Montesquieu, aliás, se junta aqui à multidão de censores que compararam os reis da Espanha, possuidores das minas do México e do Peru, a um Midas morrendo de fome no meio do seu ouro. Mas não sei se é tão deplorável que Filipe II tenha podido comprar a Europa graças a essa viagem de Colombo[33].

XXXVIII

"Um Estado que conquistou um outro [...] continua a governá-lo segundo suas leis [...], ou lhe dá um novo governo [...], ou destrói a sociedade e a dispersa em outras, ou enfim extermina todos os cidadãos. A primeira maneira é conforme ao direito das gentes que seguimos hoje; a quarta é mais conforme ao direito das gentes dos romanos [...] Tornamo-nos melhores; cumpre aqui prestar homenagem aos nossos tempos modernos etc." (p. 155, Livro X, Cap. III).

Ai! De que tempos modernos falais? O século XVI pertence a eles? Estais pensando nos doze milhões de homens indefesos degolados na América? É o século atual que louvais? Contais entre os usos moderados da vitória as ordens, assinadas *Louvois*, de incendiar o Palatinado e submergir a Holanda?

Quanto aos romanos, embora algumas vezes tenham sido cruéis, eles foram quase sempre generosos. Não co-

....

33. As conquistas na América e as minas do Peru enriqueceram primeiro os reis da Espanha; mas em seguida as más leis impediram a Espanha de aproveitar as vantagens que ela deveria ter tirado de suas colônias. Montesquieu não tinha nenhum conhecimento dos princípios políticos relativos à riqueza, às manufaturas, às finanças, ao comércio. Esses princípios ainda não haviam sido descobertos, ou pelo menos nunca tinham sido desenvolvidos; e o caráter de seu gênio não o tornava apto para as pesquisas que exigem uma longa meditação, uma análise rigorosa e sistemática. Ter-lhe-ia sido tão impossível escrever o *Tratado sobre as riquezas* de Smith quanto os *Princípios matemáticos* de Newton. Nenhum homem tem todos os talentos: o que não querem jamais compreender nem os entusiastas nem os panegiristas. (K.)

nheço senão dois povos consideráveis que eles exterminaram, os veios e os cartagineses. Sua grande máxima era incorporar as outras nações, em vez de as destruir. Por toda parte eles fundaram colônias, estabeleceram as artes e as leis, civilizaram os bárbaros e, dando enfim o título de cidadãos romanos aos povos subjugados, fizeram do universo conhecido um povo de romanos. Vede como o Senado tratou os súditos do grande rei Perseu, vencidos e aprisionados por Paulo Emílio; ele restituiu-lhes suas terras e perdoou-lhes metade dos tributos.

Houve sem dúvida, entre os senadores que governaram as províncias, exatores que as espoliaram; mas, se se viram os Verres, viram-se também os Císceros, e o Senado de Roma mereceu por longo tempo o que disse Virgílio[34]:

Tu regere imperio populos, Romane, memento.*

Os próprios judeus, os judeus, malgrado o horror e o desprezo que se tinha por eles, gozaram em Roma de grandes privilégios e ali tiveram sinagogas secretas antes e depois da ruína da sua Jerusalém.

XXXIX

"O conquistador que submete o povo à servidão deve sempre reservar-se meios [...] para fazê-lo sair dela. Não digo aqui coisas vagas. Nossos pais, que conquista-

---

34. *Eneida*, VI, 851.
* Lembra-te, romano, de reger os povos com autoridade. [N. do R.]

ram o Império romano, agiram assim" (p. 156, Livro X, Cap. III).

Creio que se pode permitir-me aqui uma reflexão. Mais de um escritor que se faz historiador compilando ao acaso (não falo de um homem como Montesquieu), mais de um pretenso historiador, digo, depois de haver chamado sua nação de a primeira nação do mundo, Paris, a primeira cidade do mundo, a poltrona onde se senta seu rei, o primeiro trono do mundo, não tem o menor escrúpulo em dizer *nós, nossos antepassados, nossos pais* quando fala dos francos que vieram dos pantanais para além do Reno e do Mosa pilhar as Gálias e delas se apoderar. O padre Velly diz *nós*. Quê! meu amigo, estará ele bem certo de que descendes de um franco? Por que não virias tu de uma pobre família gaulesa?

XL

"Não digo coisas vagas [...] As leis que nossos pais fizeram no fogo, na ação, na impetuosidade, no orgulho da vitória, eles as abrandaram. Suas leis eram duras, eles as tornaram imparciais. Os borguinhões, os godos e os lombardos queriam sempre que os romanos fossem o povo vencido. As leis de Eurico, de Gondebaud, de Rotharis fizeram do bárbaro e do romano concidadãos" (p. 156, Livro X, Cap. III).

Eurico, ou antes, Evarico, era um godo que as velhas crônicas pintam como um monstro. Gondebaud foi um borguinhão bárbaro vencido por um franco bárbaro. Rotharis, o lombardo, outro celerado daqueles tempos, era um bom ariano que, reinando na Itália, onde ainda se sabia escrever, fez pôr por escrito algumas das suas vontades despóticas. Eis alguns estranhos legisladores a citar. E Montesquieu chama esses homens de nossos pais.

XLI

"Os franceses foram expulsos da Itália nove vezes, por causa, dizem os historiadores, de sua insolência para com as mulheres e as moças etc." (p. 163, Livro X, Cap. XI).

Isso foi dito, mas será mesmo verdade? Tratava-se de mulheres e de moças na guerra de 1741, quando os franceses e os espanhóis foram obrigados a se retirar? Não foi seguramente por causa de mulheres e de moças que Francisco I caiu prisioneiro na batalha de Pávia. Luís XII não perdeu Nápoles e o Milanês por causa de mulheres e moças.

Afirmou-se, no século XIII, que Carlos de Anjou perdeu a Sicília porque um provençal levantara a saia de uma dama, no dia da Páscoa, conquanto o assassínio de Conradino e do duque da Áustria tenham sido a verdadeira causa disso. E daí se concluiu que a galantaria dos franceses impediu-os de serem senhores da Itália. Aí está como certos preconceitos populares se estabelecem.

XLII

"Quem ler a admirável obra de Tácito sobre os costumes dos germânicos verá que foi deles que os ingleses tiraram a idéia de seu governo político. Esse belo sistema foi encontrado nos bosques" (p. 184, Livro XI, Cap. VI).

Será mesmo possível que a Câmara dos Pares, a dos Comuns, a Corte de Eqüidade, a Corte do Almirantado vêm da Floresta Negra? Gostaria igualmente de dizer que os sermões de Tillotson e de Smalridge foram outrora compostos pelas feiticeiras tudescas que julgavam dos sucessos da guerra pela maneira com que corria o sangue dos prisioneiros que elas imolavam. As manufaturas de tecidos da Inglaterra não foram também encontradas nos bosques onde os germânicos preferiam viver de rapina a trabalhar, como diz Tácito?

Por que não se encontrou antes a Dieta de Ratisbona que o Parlamento da Inglaterra nas florestas da Alemanha? Ratisbona deve ter-se aproveitado, mais que Londres, de um sistema encontrado na Germânia.

XLIII

"Resulta da natureza do poder despótico que o homem solitário que o exerce também o faça exercer por um só. O *príncipe* é naturalmente preguiçoso, ignorante, voluptuoso; ele abandona os negócios. Se os confiasse a muitos, haveria disputas entre eles: armar-se-iam intrigas para ser o primeiro escravo; o príncipe seria obrigado a retomar a administração. É, pois, mais simples que a entregue a um vizir, que terá o mesmo poder que ele" (Livro II, Cap. V).

Essa decisão encontra-se na p. 27; mas só nos demos conta dela tarde demais. Ela já foi refutada pelos sábios que citamos[35]. "Ela não é mais justa", dizem eles, "do que supor que o lugar dos intendentes do palácio seja uma lei fundamental da França. Será que os abusos da usurpação devem ser chamados de leis fundamentais? Deverá o vizirato da Turquia ser visto como uma regra geral, uniforme e fundamental de todos os Estados do vasto continente asiático?

"Se o estabelecimento de um vizir fosse nesses países uma lei fundamental, haveria em todos eles um vizir, e vemos o contrário. Se fosse uma lei fundamental daqueles onde ele existe, o estabelecimento desse oficial deveria ter sido feito quando do estabelecimento da monarquia e do despotismo.

"A lei fundamental de um Estado é uma parte integrante desse Estado, sem a qual ele não pode existir. O império dos califas nasceu em 622. O primeiro grão-vizir foi Abu-Moslemah, sob o califa Abu-Abbas-Saffah, cujo reinado só começou em 131 da hégira.

"Portanto, o estabelecimento de um grão-vizir nos Estados que o autor chama de despóticos não é, como ele pretende, uma lei fundamental do Estado."

XLIV

"Os gregos e os romanos exigiam um voto a mais para condenar; nossas leis francesas requerem dois; os gregos diziam que o seu uso fora estabelecido pelos deuses, mas é o nosso. Vede Dionísio de Halicarnasso sobre

....
35. No "Prefácio", p. 4.

o julgamento de Coriolano, Livro VII" (p. 210, Livro XII, Cap. III).

O autor esquece aqui que, segundo Dionísio de Halicarnasso e segundo todos os historiadores romanos, Coriolano foi condenado pelos comícios reunidos em tribos; que vinte e uma tribos o julgaram; que nove pronunciaram a sua absolvição e doze a sua condenação; cada tribo valia um sufrágio. Montesquieu, por uma ligeira inadvertência, toma aqui o sufrágio de uma tribo pelo voto de um único homem. Sócrates foi condenado pela pluralidade de trinta e dois votos. Montesquieu nos faz muita honra ao dizer que foi na França que a maneira de condenar foi estabelecida pelos deuses. Na verdade, foi na Inglaterra: porque ali é preciso que todos os jurados estejam de acordo para declarar um homem culpado. Entre nós, ao contrário, basta a preponderância de cinco votos para condenar ao mais horrível suplício jovens cujo delito não passava de um desatino passageiro, o qual exigia uma correção, e não a morte. Justo céu! Como estamos longe de ser deuses em matéria de jurisprudência![36]

....

36. Essa passagem de Montesquieu não é inteligível. Como! Seria necessária uma inspiração divina para julgar pela pluralidade dos votos? Esse uso não será necessariamente estabelecido pela igualdade e pela força, quando ainda não o está pela razão? O que se quis dizer, ao que parece, é que, só podendo qualquer julgamento ser proferido por uma pluralidade de cinco votos, por exemplo, exigia-se a de seis para condenar: como se na Inglaterra um jurado pudesse pronunciar o *non guilty* desde que haja onze votos desse parecer e o *guilty* somente quando há unanimidade! A lei dos gregos ainda era divina em comparação com a dos romanos, onde o julgamento pela pluralidade das tribos podia ser proferido pela minoria dos sufrágios: o que era muito propício para favorecer, em detrimento do povo, as intrigas do senado ou dos tribunos. (K.)

XLV

"Um antigo uso dos romanos proibia matar as meninas que não eram núbeis. Tibério adotou o expediente de fazê-las violar pelo carrasco antes de mandá-las ao suplício. Tirano sutil e cruel, ele destruía os hábitos para conservar os costumes" (p. 222, Livro XII, Cap. XIV).

Essa passagem exige, parece-me, uma grande atenção. Tibério, homem perverso, queixou-se ao Senado de Sejano, homem mais perverso do que ele, com uma carta artificiosa e obscura. Essa carta não era a de um soberano que ordenava aos magistrados fazer cumprir segundo as leis o processo de um culpado: parecia escrita por um amigo que confiava suas dores aos seus amigos. Ele quase não detalhava a perfídia e os crimes de Sejano. Quanto mais aflito ele parecia, mais tornava Sejano odioso. Isso era entregar à vingança pública o segundo personagem do Império, e o mais detestado. Tão logo se soube em Roma que esse homem tão poderoso desagradava ao seu senhor, o cônsul, o pretor, o senado, o povo se lançaram sobre ele como sobre uma vítima que lhes era entregue. Não houve nenhuma forma de julgamento: arrastaram-no para a prisão, executaram-no; foi despedaçado por mil mãos, ele, seus amigos e seus parentes. Tibério não ordenou que matassem a filha desse infeliz, de sete anos de idade, apesar da lei que proibia essa barbárie; era muito hábil e muito reservado para ordenar tal suplício, e sobretudo para autorizar a violação por um carrasco. Tanto Tácito como Suetônio relatam, cem anos depois, essa ação execrável, mas não dizem que ela tenha sido cometida ou com a permissão do imperador, ou com a do Senado[37]; assim também não foi com a permissão do rei que a populaça de Paris devorou o coração do marechal de Ancre. É bastante estranho dizer que Tibério destruiu os hábitos para conservar os costumes. Pareceria que um imperador introduziu o costume novo de violar as crianças por respeito ao costume antigo de não enforcá-las antes da puberdade.

Essa aventura do carrasco e da filha de Sejano sempre me pareceu muito suspeita: todas as anedotas o são, e cheguei a duvidar de algumas imputações que todos os dias ainda se fazem a Tibério, como dessas *spinthrix* de que tanto se fala, dessas devassidões vergonhosas e repugnantes que nunca são mais que os excessos de uma mocidade arrebatada e que um imperador de setenta anos esconderia a todos os olhos com o mesmo escrúpulo com que uma vestal ocultaria suas partes naturais numa procissão. Nunca acreditei que um homem tão hábil como Tibério, tão dissimulado e de um espírito tão profundo tenha desejado aviltar-se a esse ponto perante todos os seus fâmulos, soldados, escravos e sobretudo perante os seus outros escravos, os cortesãos. Existem conveniências a observar mesmo nas mais indignas volúpias. E, além do mais, acho que para um tirano su-

....

37. *Tradunt temporis hujus auctores*. É um rumor vago que se espalha no tempo. Quem quer que tenha vivido ouviu falsidades mais odiosas, repetidas vinte anos inteiros pelo público. (*Nota de Voltaire*.)

– As *falsidades mais odiosas* a que se alude nesta nota são as acusações contra o duque de Orléans regente, que Voltaire sempre repudiou e combateu (ver *Suite des Anecdotes*, XXVII, Siècle de Louis XIV, I, *in* Voltaire, *Oeuvres complètes*, Garnier, Paris, tomo XIV, p. 478, e *Supplément, deuxième partie, au Siècle de Louis XIV*, II, *in* Voltaire, *Oeuvres complètes, op. cit.*, tomo XV, p. 125).

cessor do discreto tirano de Roma esse teria sido o meio infalível de se fazer assassinar.

XLVI

"Quando obrigou as mulheres a andar nuas, à maneira dos animais, a magistratura japonesa fez fremir o pudor. Mas quando quis obrigar uma mãe [...] quando ela quis obrigar um filho [...] não consigo terminar: ela fez fremir a própria natureza" (p. 222, Livro XII, Cap. XIV).

Um único viajante, quase desconhecido, chamado Reyergisbert, refere essa abominação, que lhe foi contada acerca de um magistrado do Japão; e ele pretende que esse magistrado se divertia atormentando assim os cristãos, aos quais não fazia nenhum outro mal. Montesquieu se compraz nessas histórias; acrescenta que entre os orientais as mocinhas são submetidas a elefantes. Não diz absolutamente entre que orientais se dão esses encontros. Mas, na verdade, não há aí nem *O templo de Gnido*, nem *O Congresso de Citera*, nem *O espírito das leis*.

É com pesar, e contrariando o meu próprio gosto, que combato assim algumas idéias de um filósofo-cidadão e que assinalo alguns dos seus equívocos. Não me teria dedicado, neste pequeno comentário, a um trabalho tão repulsivo se não estivesse inflamado pelo amor à verdade, tanto quanto o autor o estava pelo amor à glória. Estou em geral tão compenetrado das máximas que ele mais anuncia que desenvolve; estou tão impregnado de tudo o que ele disse sobre a liberdade política, sobre os tributos, sobre o despotismo, sobre a escravidão, que não tenho coragem de juntar-me aos sábios que precisaram de três volumes para acusar erros de detalhe.

Importa talvez muito pouco que Montesquieu tenha-se enganado sobre o dote que se dava na Grécia às irmãs que desposavam seus irmãos e que tenha tomado o costume de Esparta pelo de Creta (Livro V, Cap. V);

Que não tenha (Livro XXIV, Cap. XV) entendido o que Suetônio dizia sobre a lei de Augusto, que proibia que se corresse nu até a cintura antes da puberdade: "Lupercalibus vetuit currere imberbes" (Suetônio, *Augusto*, Cap. XXXI);

Que se tenha equivocado sobre a maneira pela qual o Banco de Gênova é dirigido, e sobre uma lei que Gênova fez promulgar na Córsega (Livro II, Cap. III);

Que tenha dito que "as leis em Veneza proíbem o comércio aos nobres venezianos", quando essas leis lhes recomendam o comércio, e, se não o fazem mais, é porque já não há vantagem nisso (Livro V, Cap. VIII);

Que "o governo moscovita procura sair do despotismo", quando esse governo russo está à testa das finanças, dos exércitos, da magistratura, da religião; que os bispos e os monges já não têm escravos como outrora e são pagos por uma pensão do governo. Ele tenta destruir a anarquia, as prerrogativas odiosas dos nobres, o poder dos grandes, mas não procura estabelecer corporações intermediárias, diminuir sua autoridade (Livro V, Cap. XIV);

Que faça um falso cálculo sobre o luxo, dizendo que "o luxo é zero em quem não tem o necessário, que o dobro do necessário é igual a um e o dobro dessa unidade é igual a três"; porque, com efeito, nem sempre se tem três de luxo por ter duas vezes mais bens do que um outro (Livro VII, Cap. I);

Que tenha dito que "entre os samnitas o jovem declarado o melhor tomava a mulher que quisesse"; e que um autor da Ópera Cômica tenha feito uma farsa sobre essa pretensa lei, sobre essa fábula referida em Estobeu, fábula que diz respeito aos sunitas, povo da Cítia, e não aos samnitas (Livro VII, Cap. XVI);

Que na Suíça "não se paga tributo, mas que ele sabe a razão particular disso" (Livro XIII, Cap. XII);

Que "nas suas montanhas estéreis os víveres são tão caros, e o país é tão povoado, que um suíço paga quatro vezes mais à natureza do que um turco paga ao sultão"; sabe-se bem que tudo isso é falso. Existem na Suíça impostos como os que se pagavam outrora aos duques de Zehringuen[38] e aos monges; mas não existe nenhum imposto novo, nenhuma taxa sobre os gêneros e sobre o comércio. As montanhas, longe de serem estéreis, são fertilíssimas pastagens que fazem a riqueza do país. A carne de açougue custa a metade do que em Paris. E, finalmente, um suíço não pode pagar quatro vezes mais à natureza do que um turco ao sultão, a não ser que beba e coma quatro vezes mais. Existem poucos países onde os homens, trabalhando tão pouco, gozam de tanta abastança (Livro XIII, Cap. XII);

Que se diz que "nos Estados maometanos se é dono não somente dos bens como da vida das mulheres escravas"; o que é absolutamente falso, visto que na vigésima quarta surata ou capítulo do Alcorão se diz expres-

---

38. Os duques de Zehringuen eram famosos e poderosos na Helvécia, ou Suíça, na Idade Média. Bertoldo V, o último de sua raça, morreu em 1218.

samente: "Tratai bem vossos escravos; se virdes mérito neles, partilhai com eles as riquezas que Deus vos deu; não forceis vossas escravas a se prostituírem a vós"; visto que, enfim, em Constantinopla, pune-se com a morte o senhor que matou o seu escravo, a menos que o senhor prove que o escravo tenha levantado a mão contra ele: e, se a escrava prova que seu senhor a violou, é declarada livre com direito a indenização (Livro XV, Cap. XII);

Que em Patane "a lubricidade das mulheres é tamanha que os homens são obrigados a fazer certos acessórios para se protegerem das suas investidas". Foi um certo Sprenkel quem inventou essa história absurda, bem indigna seguramente de *O espírito das leis*. E o mesmo Sprenkel diz que em Patane os maridos são tão ciumentos de suas mulheres que não permitem que os seus melhores amigos as vejam, nem a elas nem às suas filhas (Livro XVI, Cap. X);

Que o feudalismo "é um fato[39] ocorrido uma vez no mundo e que talvez jamais se repetirá" (Livro XXX, Cap. I), conquanto o feudalismo e os benefícios militares tenham sido estabelecidos, em diferentes épocas e sob diferentes formas, sob Alexandre Severo, sob os reis lombardos, sob Carlos Magno, no Império otomano, na Pérsia, no Mogol, no Pegu, na Rússia, e embora os viajantes tenham encontrado vestígios dele em muitos dos países por eles descobertos;

Que "entre os germânicos havia vassalos e não feudos: os feudos eram cavalos de batalha, armas, refeições" (Livro XXX, Cap. III);

---

39. Ver o que Voltaire já disse a esse respeito em *Fragments historiques sur l'Inde et sur le général Lally*, artigo II, Mélanges, VIII, *in* Voltaire, *Oeuvres complètes*, Garnier, Paris, 1879, tomo XXIX, p. 91.

Que idéia! Não existe vassalidade sem terra. Um oficial a quem seu general tenha oferecido uma ceia nem por isso será seu vassalo;

"Que na Espanha se tenha proibido os tecidos de ouro e de prata: tal decreto seria semelhante ao que fariam os Estados da Holanda se proibissem o consumo da canela" (Livro XXI, Cap. XXII);

Não se pode fazer comparação mais falsa ou dizer coisa menos política. Os espanhóis, que não tinham manufaturas, teriam sido obrigados a comprar esses tecidos no estrangeiro. Os holandeses, pelo contrário, são os únicos detentores da canela: o que era razoável na Espanha, segundo as opiniões correntes, teria sido absurdo na Holanda.

Não entrarei na discussão do antigo governo dos francos, vencedores dos gauleses; nesse caos de costumes bizarros e contraditórios; no exame dessa barbárie, dessa anarquia que duraram tanto tempo e sobre as quais existem tantas opiniões diferentes quanto as que temos em teologia. Já se perdeu muito tempo descendo nesses abismos de ruínas nos quais o autor de *O espírito das leis* deve ter-se extraviado como os outros.

Todas as origens das nações são a própria obscuridade, assim como todos os sistemas sobre os primeiros princípios formam um caos de fábulas. Quando um gênio tão ilustre como Montesquieu se engana, incorro em outros tantos erros ao descobrir os seus: tal o destino de todos os que andam em busca da verdade; eles se chocam em sua corrida e todos são derrubados. Respeito Montesquieu mesmo nas suas quedas, porque ele se reergue para subir ao céu. Vou continuar esse pequeno comentário para me instruir estudando-o em alguns pontos, e não para criticá-lo: tomo-o como guia, e não como adversário.

DO CLIMA

Sempre se soube o quanto o solo, as águas, a atmosfera, os ventos influem sobre os vegetais, os animais e os homens. Sabe-se que um basco é tão diferente de um lapão quanto um alemão o é de um negro e um coco de uma nêspera. É a propósito da influência do clima que Montesquieu examina, no Capítulo XII do Livro XIV, os motivos pelos quais os ingleses se matam tão deliberadamente. "É", diz ele, "o efeito de uma doença. Há indícios de que se trata de um defeito de filtração do suco nervoso." Os ingleses, de fato, chamam essa doença de *spleen*, que eles pronunciam *splin*; essa palavra significa *baço*[40]. Nossas damas sofriam outrora da enfermidade do baço. Molière põe na boca de bufões[41]:

> *Veut-on qu'on rabatte*
> *Par des moyens doux*
> *Les vapeurs de rate*
> *Qui nous minent tous?*
> *Qu'on laisse Hippocrate,*
> *Et qu'on vienne à nous.**

[Quereis diminuir
Por meios brandos

....

40. Voltaire repete quase nos mesmos termos o que ele disse no tomo XIX, p. 555.
41. *Amour médecin*, Ato III, Cena VIII.

Os vapores do baço
Que a todos nos minam?
É só deixar Hipócrates
E vir até nós.]

Nossas parisienses eram, pois, atormentadas pelo baço; hoje elas são afligidas por vapores; e em nenhum caso elas se matavam. Os ingleses têm o *splin* ou a *splin* e se matam por mau humor. Eles se orgulham disso, pois quem quer que se enforca em Londres, ou se afoga, ou dá um tiro de pistola na cabeça, aparece no jornal.

Desde a querela de Filipe de Valois e Eduardo III pela lei sálica, os ingleses sempre embirraram com os franceses; tomaram-lhes não apenas Calais mas quase todas as palavras de sua língua, assim como suas doenças e suas modas, e pretenderam enfim ter a honra exclusiva de se matar. Mas, se se quisesse abater esse orgulho, bastaria provar-lhes que somente no ano de 1764 contaram-se em Paris mais de cinqüenta pessoas que se mataram. Bastaria dizer-lhes que todos os anos há doze suicídios em Genebra, onde vivem apenas vinte mil almas, enquanto as gazetas não contam mais suicídios em Londres, que encerra cerca de setecentos mil *spleen* ou *splin*.

Os climas praticamente não mudaram desde que Rômulo e Remo tiveram uma loba por ama-de-leite. Por que, entretanto, se excetuardes Lucrécia, cuja história não está bem comprovada, nenhum romano de prestígio teve suficiente *spleen* para atentar contra a própria vida? E por que em seguida, no espaço de tão poucos anos, Catão de Útica, Bruto, Cássio, Marco Antônio e tantos outros deram ao mundo semelhante exemplo? Não terá havido alguma outra razão que não o clima para tornar esses suicídios tão comuns?

Montesquieu diz no mesmo Livro (Cap. XV) que o clima da Índia é tão ameno quanto o são também as leis. "Essas leis", diz ele, "deram os sobrinhos aos tios, os órfãos aos tutores, da mesma forma como em outros lugares eles são dados aos seus pais. Regularam a sucessão pelo mérito reconhecido do sucessor. Parece que se pensou que cada cidadão devia confiar na bondade natural dos outros [...] Ditoso clima, que faz nascer a candura dos costumes e produz a brandura das leis!"

É verdade que em vinte passagens o ilustre autor descreve o vasto país da Índia e todos os países da Ásia como Estados monárquicos ou despóticos, nos quais tudo pertence ao senhor e onde os súditos não conhecem a propriedade; de sorte que, se de um lado o clima produz cidadãos tão honestos e tão bons, de outro ele gera príncipes rapaces e tirânicos. Ele se esquece disso aqui; copia a carta de um jesuíta chamado Bouchet ao presidente Cochet, inserida na décima quarta coletânea das *Cartas curiosas e edificantes*; e copia com demasiada freqüência essa coletânea. Esse Bouchet, uma vez chegado a Pondicherry, antes de saber uma palavra da língua local[42], repete ao Sr. Cochet todas essas histórias, que ele ouviu de comissários. Prefiro acreditar no coronel Scraf-

---

42. Conheci outrora esse Bouchet: era um imbecil, tanto quanto o irmão Courbeville, seu companheiro. Ele viu mulheres indianas provar sua fidelidade aos maridos mergulhando uma mão no óleo fervente sem se queimar. Não sabia que o segredo consiste em derramar água no vaso muito tempo antes do óleo e que o óleo ainda está frio quando a água fervente o levanta fazendo grandes bolhas. Ele repete a história dos dois sósias para provar o cristianismo aos brâmanes. (*Nota de Voltaire.*)

– Voltaire falou do jesuíta Bouchet em *Fragments historiques sur l'Inde*, artigo XXVIII, Mélanges, VIII, *in* Voltaire, *Oeuvres complètes*, *op. cit.*, tomo XXIX, p. 185.

ton, que contribuiu para as conquistas de Lord Clive e que alia à franqueza de um homem de guerra um conhecimento profundo da língua dos brâmanes.

Eis as suas palavras, que citei em outro passo[43]:

"Vejo com surpresa muitos autores assegurarem que a propriedade das terras não é hereditária nesse país e que o imperador é o herdeiro universal. É verdade que não existem atos de parlamento na Índia, nem poder intermediário que contenha legalmente a autoridade imperial nos seus limites; mas o uso consagrado e invariável de todos os tribunais é que cada qual herda dos seus pais. Esta lei não-escrita é mais constantemente observada ali do que em qualquer outro Estado monárquico."

Essa declaração de um dos conquistadores das mais belas regiões da Índia vale bem a de um jesuíta, e ambas devem contrabalançar a opinião dos que dizem que essa rica parte da terra, povoada por duzentos milhões de homens, é habitada unicamente por déspotas e escravos.

Todos os relatos que nos chegaram da China nos informaram que ali cada qual goza dos seus haveres mais livremente do que na Índia. Não é provável que haja um único país no mundo onde a fortuna e os direitos dos cidadãos dependam do calor e do frio.

O clima sem dúvida estende o seu poder sobre a força e a beleza do corpo, sobre o gênio, sobre as inclinações. Nunca ouvimos falar nem de uma Frinéia samoieda ou negra, nem de um Hércules lapão, nem de um Newton topinambu; mas não creio que o ilustre autor esteja certo ao afirmar que os povos do Norte sempre

---

43. *Fragments historiques sur l'Inde et sur le général Lally*, artigo V, Mélanges, VIII, *in* Voltaire, *Oeuvres complètes, op. cit.*, tomo XXIX, p. 102.

venceram os do Sul: porque em nome de sua pátria, os árabes adquiriram pelas armas, em pouquíssimo tempo, um império tão vasto quanto o dos romanos; e os próprios romanos tinham subjugado a orla do mar Negro, que é quase tão fria quanto a do mar Báltico.

O ilustre autor acredita que as religiões dependem do clima. Penso, como ele, que os ritos dependem inteiramente do clima. Maomé não teria proibido o vinho e os presuntos nem em Bayonne nem em Mogúncia. Entrava-se calçado nos templos da Táurida, que é um lugar frio; era preciso entrar descalço no de Júpiter Amon, que se erguia em meio às areias ardentes. Ninguém pensaria, no Egito, em pintar Júpiter armado com o raio, porque ali raramente troveja. Ninguém imaginará os réprobos empregando o emblema dos bodes numa ilha como Ítaca, onde as cabras são a principal riqueza do país.

Por mais sublime, por mais divina que seja uma religião cujas cerimônias mais essenciais se celebrarão com o pão e o vinho, não prosperará primeiro num país onde o vinho e o fermento sejam desconhecidos.

A crença, que constitui propriamente a religião, é de uma natureza totalmente diversa. Entre os gentios ela dependeu unicamente da educação. As crianças troianas eram criadas na persuasão de que Apolo e Netuno tinham construído as muralhas de Tróia, e as crianças atenienses bem-instruídas não duvidavam que Minerva lhes tinha dado as olivas. Os romanos e os cartagineses tiveram outra mitologia. Cada povo teve a sua.

Não posso crer na debilidade de órgãos que Montesquieu atribui aos povos do Sul, e nessa preguiça de espírito que faz, segundo ele, com que "as leis, os costumes e as maneiras sejam hoje no Oriente como eram há mil anos". Montesquieu diz sempre que as leis formam as *maneiras*. Eu diria *os usos*. Mas parece-me que as maneiras do cristianismo destruíram, desde Constantino, as maneiras da Síria, da Ásia Menor e do Egito; que as maneiras algo brutais de Maomé suprimiram as belas maneiras dos antigos persas e mesmo as nossas. Em seguida vieram os turcos, que a tudo subverteram, de modo que já não restam senão os eunucos e os bufões[44].

ESCRAVIDÃO

Se alguém lutou para devolver a todos os tipos de escravos o direito da natureza, a liberdade, foi seguramente Montesquieu. Ele opôs a razão e a humanidade a todas as formas de escravidão: à dos negros, que se vai comprar na costa da Guiné para cultivar o açúcar nas Caraíbas; à dos eunucos, usados para vigiar as mulheres e para cantar como soprano na capela do papa; à dos infortunados homens e mulheres que sacrificam sua vontade, seus deveres, seus pensamentos e toda a sua existência numa época em que as leis não permitem que se disponha de um capital de quatro pistolas*. Che-

....
44. Tem-se atribuído talvez demasiada influência ao clima. Parece que em toda parte a sociedade humana foi formada por pequenas tribos que, depois de ter-se mais ou menos civilizado, acabaram por se reunir a grandes impérios ou foram absorvidas por eles. A diferença mais real é a que existe entre os europeus e o resto do globo; e essa diferença é obra dos gregos. Foram os filósofos de Atenas, Mileto, Siracusa e Alexandria que tornaram os habitantes da Europa atual superiores aos outros homens. Se Xerxes tivesse vencido em Salamina, talvez ainda fôssemos bárbaros. (K.)

* Antiga moeda de ouro. [N. do R.]

gou a atacar diretamente essa espécie de escravidão que faz de um cidadão um diácono ou um subdiácono e que vos priva do direito de perpetuar a vossa família a não ser que pagueis a Roma para reaver esse direito junto a um protonotário, dignidade que era desconhecida dos Marcelos e dos Cipiões. Empregou a sua eloqüência sobretudo contra a escravidão da gleba, onde ainda mourejam tantos lavradores que gemem sob feitores como recompensa por alimentar homens, seus irmãos.

Quero juntar-me a esse defensor da natureza humana, e ouso dirigir-me... a quem? Ao próprio rei da França, embora eu seja um estrangeiro. Um persa e um índio das ilhas Molucas vieram pedir justiça a Luís XIV e a obtiveram; por que não a hei de pedir a Luís XVI? Prosterno-me de longe aos seus pés e digo-lhe:

"Neto de São Luís, completai a obra de vosso pai. Não vos imploro para ir desembarcar em Jopé, na margem onde se diz que Andrômeda foi exposta a um monstro marinho e Jonas foi engolido por outro; não vos conjuro a deixar o vosso reino de França para ir vingar o barão de Lusignan, que o grande Saladino expulsou outrora de seu pequeno reino de Jerusalém, e para ir libertar alguns descendentes desconhecidos de nossos insensatos cruzados, descendentes estes que poderiam ter herdado os grilhões de seus ancestrais e servir a muçulmanos na Arábia ou no Egito; mas conjuro-vos a libertar mais de cem mil de vossos fiéis súditos que são em vosso reino escravos dos monges. É difícil compreender como santos que fizeram voto de humildade, obediência e castidade tenham entretanto reinos no vosso reino e governem escravos a quem chamam de seus vasalos de mão-morta*.

"Em meados do século XIV, Dom Titrier produziu títulos autênticos, assinados por todos os reis e imperadores dos séculos precedentes, pelos quais, *visto que o mundo ia acabar*, doava-se todas as terras, todos os bens perecíveis, todos os homens e todas as moças àqueles monges que já dispunham do céu como propriedade particular. É em razão dessas peças probantes que ainda hoje existem escravos na Borgonha, no Franco-Condado, nas regiões de Nivernais, Bourbonnais, Auvergne e Marche, além de algumas outras províncias. Eles se arrogam direitos que não tendes e que vos envergonharia ter. Chamam esses escravos de *nossos servos, nossos mãos-mortas*.

"Debalde São Luís aboliu esse opróbrio da natureza humana nas terras que a ele obedeciam; debalde sua digna mãe, a rainha Blanche, veio pessoalmente libertar, em Paris, os habitantes de Châtenay, que alguns eclesiásticos haviam encarcerado na qualidade de servos da Igreja; debalde Luís, o Jovem, em 1141, Luís X em 1315 e enfim Henrique II em 1553 acreditaram destruir, por seus editos solenes, essa espécie de crime de lesa-majestade e seguramente de lesa-humanidade: ainda se vêem nos vossos Estados mais escravos de monges do que o número de homens que compõem as tropas nacionais.

"Existe há vários anos, a vosso conselho, sire, um processo entre doze mil chefes de família de um cantão quase desconhecido do Franco-Condado e vinte monges

....
* Na Idade Média, condição dos vassalos aos quais não se permitia fazer testamento e dispor dos seus bens quando não tinham filhos. [N. do T.]

secularizados. Os doze mil homens afirmam pertencer somente a Vossa Majestade, dever os seus serviços e o seu sangue unicamente a Vossa Majestade. Os vinte cenobitas pretendem que são, em nome de Deus, os senhores absolutos das pessoas, do pecúlio e dos filhos desses doze mil homens.

"Conjuro-vos, sire, a julgar entre a natureza e a Igreja; devolvei cidadãos ao Estado e súditos à vossa coroa. O finado rei da Sardenha, cujas filhas são o ornato e o exemplo da vossa corte[45], resolveu a mesma questão pouco tempo antes da sua morte. Destruiu a mão-morta em seus Estados por via dos mais sábios decretos. Mas tendes no céu um exemplo maior, São Luís, cujo sangue corre em vossas veias e cujas virtudes estão em vossa alma. Os ministros que vos secundarem nessa empresa serão, como vós, caros à posteridade."

DOS FRANCOS

Já se observou[46] que Daniel, no seu prefácio à história da França[47], onde fala muito mais de si mesmo que

---

45. Os dois irmãos de Luís XVI tinham desposado as duas irmãs, que eram filhas do rei da Sardenha.

46. *Écrivains Français* (Gabriel Daniel), Siècle de Louis XIV, I, *in* Voltaire, Oeuvres complètes, *op. cit.*, Garnier, Paris, 1878, tomo XIX, p. 61; e *Le Pyrrhonisme de l'Histoire*, Cap. XI, Mélanges, VI, *in* Voltaire, Oeuvres complètes, *op. cit.*, Garnier, Paris, 1879, tomo XXVII, p. 255.

47. É o seu primeiro prefácio, onde ele fornece regras para escrever a história, que não tira senão de si mesmo, e não o prefácio histórico, que é uma obra-prima de boa crítica. Vê-se que aí ele aproveita as pesquisas de Cordemoy e Valois e que, no curso de sua grande obra, é melhor historiador dos francos do que dos franceses. Pode-se apenas acusá-la de dar sempre aos francos o nome de franceses. De resto, nem Mézerai, nem ele, nem Velly são

da França, quis persuadir-nos de que Clóvis deve ser bem mais interessante do que Rômulo. Hénault foi da opinião de Daniel. Poder-se-ia responder a ambos: Sois ourives, senhor Josse[48]. Eles poderiam ter-se apercebido de que o berço de Hércules, por exemplo, excitaria mais curiosidade do que o de um homem comum. Todos nós procedemos de selvagens ignotos. Franceses, espanhóis, germânicos, ingleses, escandinavos, sármatas, cada uma dessas nações, encerrada nos seus limites, se faz valer por seus diferentes méritos: cada qual tem os seus grandes homens e pouco se importa com os grandes homens dos seus vizinhos; mas todas elas têm os olhos voltados para a antiga Roma. Rômulo, Numa, Bruto, Camilo pertencem a todas elas. O *hidalgo* espanhol e o *gentleman* inglês aprendem a ler na língua de César. Todos gostam de ver o minúsculo riacho que se converteu nesse grande rio que inundou a terra.

Hoje só se pronuncia os nomes de ostrogodo, visigodo, huno, franco, vândalo, hérulo, de todas essas hordas que destruíram o Império romano, com a repugnância e o horror que inspiram os nomes de fétidos animais selvagens. Mas cada povo da Europa quer revestir de algum brilho a torpeza da sua origem. A Espanha se gaba do seu São Fernando, a Inglaterra do seu Santo Eduardo, a França de seu São Luís. Se em Madri se remonta aos reis godos, em Paris remontamos aos reis francos. Mas quem eram esses francos, que Montesquieu de Bordeaux chama de *nossos pais*? Eram, como todos os outros bárbaros

---

Titos Lívios; e creio ser impossível que haja Titos Lívios nas nações modernas. (*Nota de Voltaire.*)

48. Molière, *Amour médecin*, Ato I, Cena I.

do Norte, animais ferozes em busca de pastagem, de caça e de algumas roupas contra a neve.

De onde vinham eles? Clóvis não o sabia, nem nós tampouco. Sabia-se apenas que habitavam a oriente do Reno e do Mein e que os seus bois, suas vacas e seus carneiros não lhes bastavam. Não dispondo de cidades, iam, quando podiam, pilhar as cidades romanas na Gália germânica e na Bélgica. Às vezes avançavam até o Loire e voltavam para dividir em seus covis o produto do seu roubo. Assim fizeram seus capitães Clódio, Meroveu e o pai de Clóvis, Childerico, que morreu e foi enterrado numa grande estrada perto de Tournai, segundo o uso daqueles povos e daqueles tempos.

Ora os europeus compravam algumas tréguas às suas pilhagens, ora as puniam, segundo tivessem, em seus cantões distantes, algumas tropas e algum dinheiro. O próprio Constantino penetrou nos seus covis em 313 da nossa era, apoderou-se dos seus chefes, que eram, segundo se diz, os ancestrais de Clóvis, e os condenou às feras no circo de Trier, como escravos revoltados e ladrões públicos.

Os francos, a partir desse dia, tiveram novas rapinas a procurar e a morte ignominiosa de seus chefes a vingar contra os romanos. Juntaram-se freqüentemente a todas as hordas alemãs que atravessavam facilmente o Reno, apesar das colônias romanas de Colônia, Trier e Mogúncia. Surpreenderam Colônia e a saquearam em 357, quando Juliano era césar das Gálias. Esse grande homem, que, como eu já disse[49], foi o salvador e o pai da

....
49. *Fragment sur l'Histoire Général*, artigo VII, Mélanges, VIII, *in* Voltaire, Oeuvres complètes, *op. cit.*, e *Diatribe a l'auteur des Éphémérides*, Mélanges,

nossa pátria, partiu da ruela que hoje se chama dos Mathurins, onde ainda se vêem os restos[50] da sua casa, e correu a salvar de uma invasão a Gália e o nosso país. Atravessou o Reno, retomou Colônia, repeliu os ataques dos francos e do imperador Constâncio, que queria eliminá-lo; venceu todas as hordas alemãs e francas, notabilizou-se por sua clemência não menos que por seu valor, alimentou igualmente vencedores e vencidos, fez reinar a abundância e a paz desde as margens do Reno e do Mosa até os Pireneus e só se retirou das Gálias depois de lhes haver feito a felicidade, deixando em todas as almas honestas a memória mais cara e mais justamente respeitada.

Depois dele tudo mudou. Basta um único homem para salvar um império, e um único para perdê-lo. Mais de um imperador apressou a decadência de Roma. Os palcos das vitórias de tantos grandes homens, os monumentos de tanta magnificência e de tantos benefícios esparzidos sobre o gênero humano subjugado por sua felicidade foram inundados por bárbaros desconhecidos tal como campos férteis são devastados por nuvens de gafanhotos. Eles vieram até mesmo dos confins da China. As margens do mar Báltico, do mar Negro, do mar Cáspio vomitaram monstros que devoraram as nações e destruíram as artes.

Não creio, entretanto, que essa multidão de devastadores tenha sido tão imensa quanto se diz. O medo exagera. Vejo, aliás, que é sempre o pequeno número que

....
VIII, *in* Voltaire, *Oeuvres complètes*, *op. cit.*, tomo XXIX, pp. 247 e 360 Voltaire o repete ainda no artigo XXI de *O preço da justiça e da humanidade*.
50. As termas, que agora ficam no bulevar Saint-Michel.

faz as revoluções. Sha-Nadir, em nossos dias, não tinha quarenta mil soldados quando derrotou o Grão-Mogol e levou-lhe todas as riquezas. Os tártaros que subjugaram a China, por volta do ano de 1260, eram em pequeníssimo número. Tamerlão e Gengis Khan começaram a conquista da metade do nosso hemisfério com dez mil homens. Maomé não contou com mil em sua primeira batalha. César veio às Gálias com apenas quatro legiões; não tinha mais que vinte e dois mil combatentes na batalha de Farsala, e Alexandre partiu com quarenta mil para a conquista da Ásia.

Dizem-nos que Átila partiu dos confins da Sibéria rumo à margem do Loire seguido de setecentos mil hunos. Como os teria alimentado? Acrescenta-se que, tendo perdido duzentos mil desses hunos em algumas escaramuças, perdeu mais trezentos mil nos campos catalônicos, que são desconhecidos, após o que foi incendiar a Ilíria, sitiar e destruir Aquiléia sem que ninguém o impedisse.

E eis justamente como a história se escreve.[51]

Como quer que seja, foi nessa agitação singular da Europa que os francos vieram como os demais tomar sua parte na pilhagem. A província sequanesa já tinha sido invadida pelos borguinhões, que não sabiam eles próprios qual era a sua origem. Visigodos apoderaram-se de uma parte do Languedoc, da Aquitânia e da Espanha. O vândalo Genserico, que se lançara sobre a África, partiu de lá por mar para ir pilhar Roma sem encontrar

....
51. *Charlot*, Ato I, Cena VII.

nenhuma oposição. Ali entrou como alguém que vem a uma de suas casas com o fim de desmobiliá-la para embelezar outra residência. Levou consigo todo o ouro, toda a prata e todos os ornamentos preciosos, apesar das lágrimas do papa Leão, que transigira com Átila e não conseguiu submeter Genserico.

Os gauleses, que não se haviam defendido nem contra os borguinhões nem contra os godos, também não resistiram aos francos, que chegaram no ano de 486 tendo à sua frente o jovem Clóvis, que tinha, segundo se diz, quinze anos. É de presumir-se que eles entraram primeiro na Gália belga em pequeno número, como os normandos entraram depois na Nêustria, e que sua tropa foi aumentando com os bandidos voluntários que se juntaram a eles no caminho, na esperança da rapina, único soldo de todos os bárbaros.

Uma prova evidente de que Clóvis tinha pouquíssimas tropas é que na redação da lei dos sálios-francos, chamada comumente de lei sálica, feita sob o governo de seus sucessores, se diz expressamente: "Foi esta nação que, em pequeno número, derrubou o Império romano: *gens parva numero.*"

Havia ainda um fantasma de comandante romano, chamado Siágrio, que, na desolação geral, conservara algumas tropas gaulesas sob os muros de Soissons; elas não resistiram. O mesmo povo que custara a César dez anos de trabalhos e negociações não custou mais que um dia a essa pequena tropa de francos. É que, quando César os quis subjugar, eles sempre haviam sido livres; e, quando tiveram os francos diante deles, havia mais de quinhentos anos que eram escravos.

CLÓVIS

Quem era pois esse herói de quinze anos que, saindo dos pântanos dos Chamaves e dos Bructeros, veio a Soissons colocar em fuga um general e lançar os alicerces, não do *primeiro trono do universo*, como diz tantas vezes o padre de Velly, mas de um dos mais florescentes Estados da Europa? Não nos é dito em absoluto quem foi o *Quíron* ou o *Fênix* desse jovem Aquiles. Os francos não escreveram a sua história. Como foi ele conquistador e legislador na idade que confina com a infância? É um exemplo único. Um auverniense decifrando Euclides aos doze anos não está tão acima da origem comum. O que ainda é único sobre o globo é que a terceira raça reina nesse Estado há oitocentos anos, aliada, sem dúvida, à de Carlos Magno, que o era à de Clóvis: o que perfaz uma continuidade de cerca de treze séculos.

A França, em verdade, não é tão extensa como o era a Gália sob os romanos: ela perdeu toda a região que se chamava França oriental na Idade Média; a de Trier, de Mogúncia, de Colônia, a maior parte de Flandres. Mas com o tempo o engenho de seus povos a sustentou apesar das guerras mais funestas, dos cativeiros de seus reis, das invasões dos estrangeiros e das sangrentas discórdias que a religião fez nascer em seu seio.

Essa bela província romana não caiu, inicialmente, em poder do príncipe dos francos. As partes mais férteis tinham sido invadidas pelos príncipes arianos, borguinhões e godos, de que falei. Clóvis e seus francos eram da religião que se denominava pagã desde Teodósio, da palavra latina *pagus*, aldeola; a religião cristã, tornada dominante, praticamente relegou aos campos o antigo culto do Império. Os bispos atanasianos ortodoxos, que dominavam em tudo o que não era godo ou borguinhão e tinham sobre os povos um poder quase sem limites, podiam com o bastão pastoral quebrar a espada de Clóvis.

O douto abade Dubos observou muito bem[52] que esse jovem conquistador tinha a dignidade de comandante da milícia romana, na qual sucedera ao seu pai Childerico, dignidade que os imperadores conferiam a vários chefes de tribos entre os francos, para ligá-las, se possível, ao serviço do Império. Assim, tendo atacado Siágrio, ele podia ser visto como rebelde e como traidor. Podia ser punido, se a fortuna dos romanos mudasse. Os bispos podiam sobretudo armar os povos contra ele. O venerável ancião São Remígio, bispo de Reims, escrevera a Clóvis, à época de sua expedição contra Siágrio, aquela célebre carta que o abade Dubos tanto encarece e que Daniel ignorou: "Soubemos que sois comandante da milícia; não abuseis de vosso benefício militar. Não disputeis a precedência aos bispos do vosso departamento; solicitai sempre os seus conselhos. Elevai os vossos compatriotas, mas que o vosso pretório seja aberto a todo o mundo [...] Admiti os jovens em vossos prazeres e os velhos em vossas deliberações etc."

Essa carta era a de um pai que dá lições ao filho. Ela permite ver todo o ascendente que a reputação assumia sobre o poder. A graça fez o resto, e logo depois Clóvis tornou-se não somente cristão como ortodoxo.

O jesuíta Daniel embeleza a sua história supondo que ele fez uma arenga aos seus soldados para persuadi-los a se tornarem cristãos como ele e que eles gritaram

---

52. Ver sua *Histoire critique de l'établissement de la monarchie française*.

em uníssono: "Renunciamos aos deuses mortais e já não queremos adorar senão o imortal. Já não reconhecemos outro Deus senão aquele que o santo bispo Remígio nos prega."

Não é verossímil que todo um exército tenha respondido ao seu rei por uma antítese e por uma frase longa e estudada. Daniel deveria pensar que os francos de Clóvis acreditavam que seus deuses eram imortais, assim como os jesuítas acreditavam ou fingiam acreditar na imortalidade do seu Francisco Xavier e do seu Inácio de Loyola.

É triste que Clóvis, sendo apenas catecúmeno, tenha mandado matar Siágrio, que lhe havia sido entregue pelos visigodos. Mais triste ainda é que, tendo sido batizado muito tempo depois, ele haja seduzido um príncipe franco chamado Sigeberto, e ajustado com ele um parricídio. Sigeberto assassinou seu pai, que reinava em Colônia; e Clóvis, em vez de pagar o preço prometido, assassinou-o por sua vez e se apossou da cidade. Tratou da mesma forma um outro príncipe, chamado Cararico.

Havia um outro franco, chamado Ragnacário, que comandava em Cambrai. Clóvis fez um acordo com os próprios soldados desse Ragnacário para assassiná-lo; e, quando os assassinos lhe pediram o seu salário, pagou-os com dinheiro falso.

Outro dos seus camaradas francos, Renomer, tinha-se acantonado no Maine: Clóvis contratou uns bandidos para apunhalá-lo, e assim se desfez de todos os que lhe faziam alguma sombra.

Daniel diz que, "para satisfazer à justiça de Deus, ele empregou seus cuidados e suas finanças em um grande número de coisas muito úteis à religião; começou ou terminou igrejas e mosteiros".

Se esse príncipe ortodoxo, desconhecendo o espírito do cristianismo, cometeu tantas atrocidades, o ariano Gondebaudo, tio da célebre Santa Clotilde, não foi menos maculado por crimes. Ele assassinou, na cidade de Viena, seu próprio irmão e sua cunhada, pai e mãe de Clotilde. Ateou fogo no quarto onde se encontrava outro dos seus irmãos e queimou-o vivo; mandou jogar sua mulher no rio, e Clotilde escapou por pouco aos seus massacres. Esse Gondebaudo, aliás, era legislador. Tais eram os costumes dos francos e o que Montesquieu denomina maneiras.

Sabe-se que os filhos de Clóvis não degeneraram: o coração sangra quando se é forçado a relatar as ações políticas dessa família.

Clotilde, depois da morte de seu marido, quis vingar em Gondebaudo, seu tio, a morte de seu pai e de sua mãe. Armou contra ele seus quatro filhos: Teodorico, rei de Metz; Clotário, de Soissons; Childeberto, de Paris; e Clodomiro, de Orléans. Clodomiro foi morto após haver sido abandonado por seus irmãos numa batalha. Deixou três filhos, o mais velho dos quais tinha apenas dez anos; Clodomiro havia-lhes deixado em partilha a província de Orléans, segundo o uso. Clotário não se contentou com desposar a viúva de seu irmão; quis apoderar-se dos bens de seus sobrinhos. Seu irmão Childeberto uniu-se a ele nessa empresa: os dois combinaram dividir o pequeno Estado de Orléans. A viúva de Clóvis, que criava os netos dele, opôs-se a essa injustiça. Clotário e Childeberto apoderaram-se das três crianças, das quais deviam ser os protetores. Enviaram à avó delas uma tesoura e um punhal, por um auverniense chamado Arcádio. "É preciso", diz-lhe esse enviado, "escolher entre um e outra.

Quereis que essa tesoura corte os cabelos de seus netos ou que esse punhal os degole?"

Era uso então considerar como sepultados no monarquismo os filhos que se havia tonsurado. A tesoura fazia as vezes dos três votos. Clotilde, tomada de cólera, respondeu: "Prefiro vê-los mortos a vê-los monges." Clotário e Childeberto executaram muito à letra o que a rainha pronunciara no excesso de sua dor. Acredita-se que esse crime foi cometido numa casa onde fica atualmente a igreja dos barnabitas em Paris. Clotário perfurou primeiro o mais velho com uma estocada e o lançou morto aos seus pés. O do meio enterneceu Childeberto um momento por seus gritos e lágrimas. Childeberto deixou-se comover; Clotário, inflexível, arrancou o menino dos braços de seu irmão e jogou-o, moribundo, em cima do irmão mais velho. O terceiro foi salvo por um criado. Ele tomou, quando veio a se conhecer, o partido que sua avó recusara: fez-se monge; foi declarado santo após a sua morte, a fim de que houvesse alguém do sangue de Clóvis que pudesse apaziguar a Deus. Clotilde viu seus filhos desfrutar dos bens e do sangue de seus netos.

Tal foi durante muito tempo o espírito das leis na monarquia nascente. O século das Fredegundas e das Brunildas não foi menos abominável. Quanto mais percorremos a história, mais nos felicitamos por ter nascido no nosso século.

DO CARÁTER DA NAÇÃO FRANCESA

Terá sido a influência do clima que produziu essa série de atrocidades e horrores tão comprovados e inacreditáveis? Os assassinatos, quer pretensamente políticos, quer pretensamente jurídicos, quer abertamente cometidos por um uso comum, se sucederam, quase sem interrupção, desde a época de Clóvis até a da Fronda. Será que foi a atmosfera úmida das margens do Sena que deu poder a um papa francês e a cardeais franceses que pilhavam a França e lhes inspirou a idéia de queimar solenemente e em fogo lento o grão-mestre da ordem do Templo, o irmão do delfim da Auvérnia e cinqüenta e nove cavaleiros bem defronte do lugar onde fica hoje a estátua de Henrique IV? Será que foi a intempérie do clima que armou em um dia mais de cem mil camponeses nas imediações de Paris após a batalha de Poitiers, que os incitou em metade da França e lhes inspirou aquela fúria chamada *a Jacquerie*, com a qual eles demoliram todos os castelos da nobreza, degolaram e queimaram os fidalgos, suas mulheres e suas filhas?

Falarei dos furores dos Borguinhões e dos Armagnacs, exercidos em Paris e em todo o reino; daquela guerra civil contínua e generalizada; daquele dia terrível em que a populaça parisiense da facção dos Borguinhões massacrou o condestável de Armagnac, o chanceler de Marle, o arcebispo de Reims, o arcebispo de Tours, cinco outros bispos, uma multidão de magistrados, de fidalgos, de padres, que eram jogados na rua do alto de suas casas e recebidos em pontas de chuços?

Para levar ao máximo esses horrores, os ingleses saquearam o resto do reino depois de sua vitória em Azincourt. O rei da França, tendo perdido o uso da razão, estava abandonado por seus criados, desonrado publicamente por sua mulher, entregue a tudo o que o olvido de si mesmo, as úlceras, os vermes têm de mais horrendo e de mais revoltante. Ele vira seu irmão, o duque de Orléans, assassinado por seu primo, o duque de Borgonha; vira seu filho, mais tarde o rei Carlos VII, vingar o duque de Orléans assassinando seu primo culpado; vira esse filho ser deserdado, despojado, banido por sua mãe. O sangue correu de um extremo a outro da França em todos os dias da vida miserável desse rei, a qual não foi mais que um longo suplício.

Os reinados seguintes passaram também por grandes infortúnios. Quatro fidalgos pereceram sucessivamente em suplícios requintados pelas vinganças daquele Luís XI, tão dissimulado e tão violento, tão bárbaro e tão timidamente supersticioso, tão estouvado e tão profundamente mau.

Dir-se-ia estarmos no tempo dos Fálaris. Os povos não eram melhores do que os reis. Retraçarei o quadro de São Bartolomeu, tantas vezes retraçado e que aterrará por longo tempo os olhos da posteridade?

Não se creia que esse dia foi único: ele foi precedido e seguido de quinze anos de perfídias, de assassinatos, de combates particulares, de combates de província contra província, de cidade contra cidade, até a Paz de Vervins. Doze parricídios intentados contra Henrique IV e finalmente a mão de Ravaillac puseram fim a esse horrível percurso.

Ela recomeçou sob Luís XIII, cujo triste reinado ocupou tantos assassinos e carrascos. Luís XIV viu em sua infância todas as loucuras e todos os furores da Fronda.

É esse o povo que foi durante quarenta anos, sob esse mesmo Luís XIV, igualmente brando e valoroso, renomado pela guerra e pelas belas-artes, operoso e dócil, sábio e amável, o modelo de todos os outros povos? Ele vivia, não obstante, no mesmo clima do tempo de Clóvis, de Carlos VI e de Carlos IX.

Convenhamos pois em que, se o clima faz os homens loiros ou morenos, é o governo que lhes faz as virtudes e os vícios. Confessemos que um rei verdadeiramente bom é o mais belo presente que o céu pode oferecer à terra.

DO CARÁTER DAS OUTRAS NAÇÕES

Será que foi a aridez das duas Castelas e o frescor das águas do Guadalquivir que tornaram os espanhóis durante tanto tempo escravos, ora dos cartagineses, ora dos romanos, depois dos godos, dos árabes e enfim da Inquisição? É ao seu clima ou a Cristóvão Colombo que eles devem a posse do Novo Mundo?

O clima de Roma não mudou: no entanto haverá coisa mais bizarra do que ver hoje os *zocolanti*, os franciscanos, nesse mesmo Capitólio onde Paulo Emílio triunfava sobre Perseu e onde Cícero fez ouvir sua voz?

Desde o século X até o XVI, cem pequenos senhores e dois grandes disputaram as cidades da Itália pelo ferro e pelo veneno. De repente essa mesma Itália povoou-se de grandes artistas de todos os gêneros. Hoje ela produz fascinantes cantoras e *sonettieri*. No entanto os Apeninos continuam no mesmo lugar, e o Eridano, que trocou o seu belo nome pelo de Pó, não alterou o seu curso.

Por que motivo, no resto da floresta da Hercínia, como nos Alpes e nas planícies irrigadas pelo Tâmisa, como nas de Nápoles e de Cápua, o mesmo embrutecimento fanático entre os povos, as mesmas fraudes entre os padres, a mesma ambição entre os príncipes desolaram tantas províncias férteis e tantas charnecas áridas? Por que o terreno úmido e o céu nebuloso da Inglaterra foram outrora cedidos por uma escritura autêntica a um padre que mora no Vaticano? E por que, por uma escritura semelhante, as laranjeiras de Cápua, Nápoles e Tarento ainda lhe pagam tributo? De boa-fé, não é ao quente e ao frio, ao seco e ao úmido que se deve atribuir semelhantes revoluções. O sangue de Conradino e de Frederico da Áustria correu sob a mão dos carrascos, enquanto o de São Genaro se liquefazia em Nápoles; do mesmo modo, os ingleses cortaram sobre um cepo a cabeça da rainha Maria Stuart e a de seu neto Carlos I, sem procurar saber se o vento soprava do norte ou do sul.

Montesquieu, para explicar o poder do clima, nos diz que ele fez gelar uma língua de carneiro[53] e que as papilas nervosas dessa língua se manifestaram visivelmente quando ela foi descongelada. Mas uma língua de carneiro jamais explicará por que a querela do Império e do sacerdócio escandalizou e ensangüentou a Europa durante mais de seiscentos anos. Ela não explicará os horrores da rosa vermelha e da rosa branca, nem dessa multidão de cabeças coroadas que na Inglaterra tombaram sobre o cadafalso. O governo, a religião, a educação produzem tudo entre os infelizes mortais que rastejam, sofrem e raciocinam neste globo.

Cultivai a razão dos homens na direção do monte Vesúvio, na direção do Tâmisa e na direção do Sena; vereis menos Conradinos entregues ao carrasco seguindo a opinião de um papa, menos Marias Stuarts sofrendo o derradeiro suplício, menos catafalcos erguidos por pe-

....
53. Livro XIV, Cap. II. (*Nota de Voltaire.*)

nitentes brancos a um jovem protestante culpado de suicídio, menos rodas e fogueiras preparadas para homens inocentes, menos assassinos nas estradas e nas flores-de-lis[54].

DA LEI SÁLICA[55]

A maioria dos homens que não tiveram tempo para se instruir, as damas, os cortesãos, mesmo as princesas, que só conhecem a lei sálica pelas conversas vagas da sociedade, imaginam que é uma lei fundamental pela qual outrora a nação francesa, reunida, excluiu para sempre as mulheres do trono. Já demonstramos que não existe lei fundamental[56] e que, se existisse uma estabelecida por homens, outros homens poderiam suprimi-la. Não há nada de fundamental, salvo as leis da natureza criadas pelo próprio Deus. Mas eis do que se trata.

A tribo dos francos-sálicos, das quais Clóvis era o chefe, não podia ter leis escritas. Ela se governava por alguns costumes, como todas as nações que não haviam sido subjugadas e civilizadas pelos romanos. Esses costumes foram, segundo se diz, redigidos depois num latim ininteligível por aquele mesmo Clotário que massa-

---

54. Os assassinos nas flores-de-lis são senhores do parlamento. (G. A.)

55. Ver o que Voltaire já disse da lei sálica, artigo FRANCE, FRANÇOIS, FRANÇAIS, *Dictionnaire Philosophique*, III, *in* Voltaire, *Oeuvres complètes, op. cit.*, e LOI SALIQUE, *Dictionnaire Philosophique*, III, *in* Voltaire, *Oeuvres complètes, op. cit.*, tomo XIX, pp. 176 e 607.

56. *Essai sur les Moeurs*, II, Cap. LXXV, *in* Voltaire, *Oeuvres complètes*, Garnier, Paris, 1878, tomo XII, p. 14; *Remarques sur les Moeurs*, XVII, Mélanges, III, *in* Voltaire, *Oeuvres complètes*, Garnier, Paris, 1879, tomo XXIV, p. 574.

crara os netos de sua mãe Clotilde quase entre os seus braços e que depois mandou queimar seu próprio filho, sua mulher e seus filhos. Esse príncipe parricida foi feliz, ou pelo menos pareceu tê-lo sido, pois recolheu toda a sucessão da França oriental e ocidental. É possível que ele tenha feito publicar a lei sálica, porque havia nessa lei um artigo que excluía as filhas de qualquer herança. Ele tinha duas sobrinhas a quem queria despojar e por isso encerrou-as numa masmorra escura. A história não diz por que ele lhes poupou o sangue. Nem sempre se pode matar: a barbárie tem, como as demais inclinações, momentos de trégua. Ele se contentou, pois, ao que se diz, em promulgar essa lei, que parecia nada deixar às filhas, ao mesmo passo que dava reinos aos filhos varões. Daniel não faz nenhuma afirmação de que tenha sido Clotário quem redigiu essa lei; diz apenas que Clotário foi muito devotado a São Martinho.

Existem duas outras cópias truncadas e informes de uma parte dessa lei sálica, uma editada por Heroldo, sábio alemão, outra por Pithou, sábio francês a quem devemos o haver exumado as fábulas de Fedro e o haver sido procurador-geral da primeira câmara de justiça erigida contra os depredadores das finanças.

Essas duas edições são diferentes, e isso não é um sinal de sua autenticidade. A edição de Heroldo começa com estas palavras:

> In Christi nomine incipit pactus legis salicae.
> Hi autem sunt qui legem salicam tractavere,
> Wisogast, Arogast, Salegast, et Windogast.

A edição de Pithou principia assim:

> Incipit tractatus legis salicae. Gens Francorum inclyta, auctore Deo condita [...] quatuor viri electi de pluribus, Wisogastus, Bodogastus, Sologastus, Wodogastus [...]

Os nomes dos redatores francos não são os mesmos[57]. Ambas as cópias são sem data.

Mais tarde Carlos Magno mandou transcrever a lei sálica com as leis alemãs e bávaras. Essa palavra, *lei*, nos faz imaginar um código no qual os direitos do soberano e do povo são regulamentados. Esse código sálico tão famoso começa por leitões, porcos de um e dois anos, vitelos engordados, bois e carneiros. Aí se fica sabendo pelo menos que o ladrão de um boi só era condenado na justiça a trinta e cinco soldos e que o ladrão de um touro devia pagar quarenta e cinco. A pena era de quinze soldos por haver roubado a faca do vizinho. O soldo, *solidum*, de prata valia então oito libras de hoje.

Encontra-se aí um artigo que bem mostra os costumes da época: é o artigo XLV, que trata *dos homicídios cometidos à mesa*[58]. Era portanto um uso bastante comum degolar os convivas.

----

57. Eis as primeiras linhas da edição de Heroldo: "In Christi nomine, incipit pactus legis salicae. Hi autem sunt qui legem salicam tractaverunt, Vuisogast, Arogast, Vuindogast in Bodham, Suleham et Vuidham."

A edição Pithou começa assim: "Incipit tractatus legis salicae. Gens Francorum inclyta, auctore Deo condita [...] Electi de pluribus viris quatuor his nominibus, Wisogastus, Bodogastus, Sologastus, et Widogastus in locis cognominatis Solehaim, Bodohaim, Widohaim etc." (B.)

– "Widogastus in locis cognominatis Solehaim, Bodohaim, Widohaim etc.": não se trata aqui de nomes de homens, mas de títulos de chefes de tribos: o gast de Wise, o gast de Bode etc. (G. A.)

58. É na edição Pithou que o artigo XLV trata *Dos homicídios cometidos à mesa*, que são objeto do artigo XLVI na edição de Heroldo.

Pelo artigo LVIII[59], é de quatrocentos soldos a pena pelo assassínio de um diácono e de seiscentos pelo de um padre. É evidente, portanto, que a lei sálica só foi estabelecida depois que os francos se submeteram ao cristianismo. De resto, pode-se presumir que o culpado era enforcado quando não tinha com que pagar. O dinheiro era tão raro que só se fazia justiça aos que não o tinham.

Pelo artigo LXVII[60], uma feiticeira que comeu carne humana paga duzentos soldos. É preciso mesmo, pelo enunciado, que ela tenha comido um homem inteiro: *Si hominem comederit.*

Só no artigo LXII[61] é que vamos encontrar as duas linhas célebres que são aplicadas à Coroa da França: "De terra vero salica nulla portio haereditatis mulieri veniat, sed ad virilem sexum tota terrae haereditas perveniat: que nenhuma parte de herança de terra sálica vá para a mulher, mas que toda a herança da terra seja para o sexo masculino."

Esse texto não tem nenhuma relação com os que o precedem ou a eles se seguem. Poder-se-ia suspeitar que Clotário inseriu essa passagem no código franco para se eximir de dar a subsistência às suas sobrinhas. Mas sua crueldade não precisava desse artifício: ele não usara de nenhum pretexto quando degolou seus dois sobrinhos com as próprias mãos; estava a braços com duas meninas desprovidas de qualquer recurso e mantinha-as na prisão.

....

59. Esse artigo não consta da edição de Heroldo.
60. Aqui, por falta de copista, todas as edições que examinei repetem LVIII. É o artigo LXVII das duas edições de Pithou e Heroldo. (B.)
61. É o artigo LXII nas duas edições.

Ademais, nessa mesma passagem, que tira tudo às filhas no pequeno país dos francos-sálicos, se diz: "Se restarem apenas irmãs de pai, que elas sucedam; se houver apenas irmãs de mãe, que tenham toda a herança."

Assim, por essa mesma lei Clotário teria dado tudo às tias pensando em excluir as sobrinhas.

Alguém dirá que há uma enorme contradição nessa pretensa lei dos francos-sálicos, e terá muita razão. Vamos encontrá-la nas leis gregas e romanas. Vimos, e o afirmamos[62] durante toda a nossa vida, que este mundo só subsiste de contradições.

Há muito mais: esse costume cruel foi abolido na França desde que foi publicado. Nada é mais conhecido de todos os que têm algum conhecimento da nossa história do que esta fórmula pela qual todo franco-sálico instituía suas filhas como herdeiras de seus domínios:

"Querida filha, um uso antigo e ímpio tira entre nós toda porção paterna às filhas; mas, tendo considerado essa impiedade, vi que todos vocês me foram igualmente dados por Deus, e devo amar-vos do mesmo modo. Assim, minha querida filha, quero que herdeis por porção igual com vossos irmãos em todas as minhas terras."

Ora, uma terra sálica era um alódio livre. É evidente que, se uma filha podia herdá-lo, com maior razão o poderia a filha de um rei. Seria injusto e absurdo dizer: nossa nação é feita para a guerra, o cetro não pode ser legado às mulheres. E, supondo-se que então tivesse havido brasões pintados e que os brasões dos reis francos tives-

....

62. Ver a nota sobre a décima primeira das *Lettres Chinoises, Indiennes et Tartares*, XI, Mélanges, VIII, *in* Voltaire, *Oeuvres complètes, op. cit.*, tomo XXIX, p. 493.

sem sido flores-de-lis, teria sido muito mais absurdo dizer, como se disse depois: *Os lírios não trabalham nem fiam**⁶³.

Eis uma curiosa razão para excluir uma princesa da herança! As torres de Castela fiam ainda menos que os lírios, os leopardos da Inglaterra não fiam mais que as torres: isso não impedia que as filhas herdassem facilmente coroas de Castela e da Inglaterra.

É evidente que, se um rei dos francos que tem apenas uma filha disse no seu testamento: "Querida filha, há entre nós um uso antigo e ímpio que tira toda porção paterna às filhas; e eu, considerando que me fostes dada por Deus, vos declaro minha herdeira", todos os antrustiões⁶⁴ e todos os *leudes* deveriam obedecer-lhe. Mesmo que ela não empunhasse as armas, elas teriam sido empunhadas em nome dela. Mas provavelmente ela teria combatido à frente de seus exércitos, como fizeram a nossa heroína Margarida de Anjou, nunca celebrada o bastante, a magnânima condessa de Montfort e tantas outras.

Podia-se portanto renunciar à lei sálica ao se fazer o testamento, como qualquer cidadão pode ainda hoje renunciar por seu testamento à lei *Falcidia*⁶⁵·

Por que as duas ou três linhas da lei sálica teriam sido tão funestas às filhas dos reis da França?

---

* Alusão bíblica: Mateus VI, 28-9. [N. do R.]

63. Ver *Essai sur les Moeurs*, II, Cap. LXXV, *in* Voltaire, *Oeuvres complètes*, Garnier, Paris, 1878, tomo XII, p. 15; e o artigo LOI SALIQUE, *Dictionnaire Philosophique*, III, *in* Voltaire, *Oeuvres complètes*, Garnier, Paris, 1878, tomo XIX, p. 607.

64. Ver abaixo o artigo III de *O preço da justiça e da humanidade*.

65. Ela proibia ao testador legar mais de três quartos dos bens em prejuízo do herdeiro.

Será que a França era reconhecida por terra sálica, por terra do país onde corre o rio Sala na Alemanha ou por terra do Salle na Campine? Será que as filhas dos reis eram de pior condição do que as filhas dos pares da França? A Guienne, a Normandia, o Ponthieu, Montreuil pertenceram a mulheres e chegaram às mãos do rei da Inglaterra por mulheres. Os condados de Toulouse e da Provença caíram nas mãos das mulheres sem suscitar nenhuma reclamação.

O próprio Filipe de Valois, que combateu com tanta infelicidade pela lei sálica, julgou em favor do direito das mulheres a causa de Joana, esposa de Carlos de Blois, contra Montfort, e adjudicou a Bretanha a Joana. E decidiu também o famoso processo de Roberto de Artois, príncipe de sangue, descendente por varões de um irmão de São Luís, contra Mahaut, sua tia. Se havia uma província na França onde a lei sálica deveria vigorar, era em um dos primeiros cantões subjugados pelos francos-sálicos quando invadiram as Gálias. No entanto, Filipe de Valois e sua corte dos pares deram o Artois às mulheres e forçaram o príncipe a cometer um crime de falsidade por sustentar seus direitos, ao menos pelo que se diz.

Que concluir de tantos exemplos? Ainda uma vez, que tudo é contraditório nos governos e nas paixões dos homens.

Venhamos enfim à grande querela de Filipe de Valois e Eduardo III, rei da Inglaterra.

Luís Hutin, bisneto de São Luís, deixou apenas uma filha (não falo absolutamente de um filho póstumo, que só viveu alguns dias). Quem devia suceder a Luís Hutin? Sua filha única Joana ou seu segundo irmão Filipe, o Longo? Luís não tinha empregado a fórmula *Querida filha, há uma lei ímpia*. Não a conhecia, sem dúvida; ela estava sepultada nas fórmulas de Marculfo desde o século VIII, no fundo de algum convento de beneditinos que não eram tão sábios quanto os de hoje. O duque da Borgonha, Eudes, tio materno de Joana, quis em vão defender os direitos de sua sobrinha; debalde se apoderou, em primeiro lugar, da pequena fortaleza do Louvre, debalde se opôs à sagração: o partido de Filipe, o Longo, foi mais forte. Todo mundo gritava: "A lei sálica! A lei sálica!", da qual só se conheciam essas poucas linhas que se repetiam tão facilmente: *Filhas não herdam terras sálicas*. Filipe, o Longo, reinou e Joana foi esquecida.

Depois de sua sagração, ele convocou em 1317 uma grande assembléia de notáveis, à testa da qual estava um cardeal chamado Arablay. A Universidade foi convocada. Os membros laicos dessa assembléia que sabiam escrever assinaram a declaração de que *filhas nada herdam do reino*. Os outros apuseram os seus selos a esse documento autêntico. E, o que é muito estranho, os membros da Universidade não assinaram. Conquanto a subscrição de uma sociedade reputada então a única sábia, e que foi chamada de concílio perpétuo das Gálias, faltasse a esse documento tão interessante, nem por isso ele deixou de ser considerado como uma lei fundamental do reino.

Essa lei não tardou a ter seu pleno efeito por ocasião da morte de Filipe, o Longo. Ele deixava apenas filhas e, como havia sucedido ao seu irmão Luís Hutin, seu irmão Carlos, o Belo, lhe sucedeu com o aplauso da França. A morte perseguia esses três jovens irmãos. Seus reinados não perfizeram ao todo mais que treze anos. Carlos, o Belo, ao morrer, também deixou apenas filhas.

Sua viúva, Joana de Évreux, estava grávida; urgia nomear um regente. O direito a essa regência foi disputado pelos dois parentes mais próximos, o jovem Eduardo III, rei da Inglaterra, sobrinho dos três últimos reis falecidos da França, e Filipe, conde de Valois, seu primo coirmão. Eduardo era sobrinho por parte de mãe e Valois era primo por parte de pai. Um alegava a proximidade, o outro sua descendência pelos varões. A causa foi julgada em Paris numa nova assembléia de notáveis, composta de pares, de grandes barões e de tudo quanto podia representar a nação.

Decidiu-se, por unanimidade, que a mãe de Eduardo não pudera transmitir ao seu filho nenhum direito, porque não o tinha. A causa dos ingleses era difícil de defender, mas eles diziam aos franceses: Não cabe a vós decidir, sois juízes e partes; apelamos para Deus e para a nossa espada. Eduardo, nesse gênero, tornou-se o melhor advogado da Europa e Deus ficou do seu lado.

PEQUENA DIGRESSÃO SOBRE O CERCO DE CALAIS[66]

Pintam-nos esse príncipe como o modelo da bravura e da galanteria, dotado de todo o bom senso de que os ingleses se jactavam e de todo o charme admirado nos franceses: político e vivaz, cheio de valor e de bondade, obstinado e generoso. Acusam-no de ter exigido, no cerco de Calais, que seis burgueses lhe viessem pedir perdão com a corda no pescoço; mas cumpre lembrar

---

66. Ver *Essai sur les Moeurs*, II, Cap. CXXXVI, *in* Voltaire, *Oeuvres complètes, op. cit.*, tomo XII, p. 20.

que essa triste cerimônia era de uso em relação àqueles que se considerava como súditos. Nunca consegui me persuadir de que o mesmo rei que os dispensou com presentes tivesse concebido o desígnio de mandar estrangulá-los, já que ao mesmo tempo, quando se fez senhor de Calais, ele tratou com generosidade ímpar os cavaleiros franceses que quiseram retomar Calais por traição. Esses cavaleiros, Charny e Ribaumont, a despeito das leis da guerra, aproveitaram uma trégua para urdir a sua perfídia. Corromperam o governador. Eduardo, que então se encontrava em Londres, foi informado disso e dignou-se vir pessoalmente a Calais com seu jovem filho, o famoso Príncipe Negro, recebeu de armas na mão os franceses às portas da cidade, afeiçoou-se sobretudo a Ribaumont, combateu-o longamente como num torneio, bateu-o e foi batido e por fim tomou-o prisioneiro, a ele e a todos os seus companheiros. Que castigo impôs ele a esses bravos, mais perigosos do que os seis burgueses de Calais e, sem dúvida, mais culpados? Fê-los cear com ele e tirou do seu barrete uma tiara de pérolas com a qual ornou o barrete de Ribaumont. Fez mais: contentou-se em expulsar o governador de Calais que o havia traído. Era um italiano que traiu ao mesmo tempo o rei da França, Filipe, e Filipe mandou esquartejá-lo. Pergunto: dos dois reis, qual o generoso, qual o herói?

Sei que há pouco tempo, na França, em conjunturas muito infelizes, alguém[67] quis agradar a nação pintando-lhe a tomada de Calais como um acontecimento glorioso para ela após a batalha de Crécy e como desonroso para Eduardo. Se se quisesse consolar e agradar o governo

---

67. De Belloy, em sua tragédia *O sítio de Calais*.

francês, não é a perda de Calais que se deveria celebrar, mas sim o heroísmo de Francisco de Guise, que a retomou ao cabo de duzentos e dez anos. Cumpre confessar que Eduardo foi um terrível inimigo, ou pelo menos um terrível intérprete da lei sálica.

Ela correu um perigo maior quando o rei da Inglaterra Henrique V foi reconhecido rei da França por todas as ordens do reino.

Não foi menos pisoteada nos Estados de Paris, quando Filipe II se dispunha a dar a França à sua filha Clara-Eugênia. Ninguém saberá o que teria acontecido se a corte da Espanha tivesse deixado o príncipe de Parma com mais tropas na França, e principalmente se Henrique IV não tivesse optado pela política de mudar de religião e pela felicidade de ser ao mesmo tempo esclarecido pela graça.

Essa lei sálica está sem dúvida consolidada; será inquestionável e fundamental enquanto a França tiver a felicidade de ter príncipes dessa casa única no mundo, que reina há treze séculos[68]. Mas suponho que um dia, daqui a uns vinte ou trinta séculos, restará apenas uma única princesa desse sangue tão augusto e tão querido. Que se fará dessas linhas que dizem que *filhas não terão nenhuma porção da terra*? Que se fará da divisa *os lírios não fiam*? Reunir-se-ão os estados gerais, os descendentes dos nossos secretários do rei, os cavaleiros de São Miguel e de São Lázaro de hoje, que serão então os duques e pares, os grandes oficiais da Coroa; os governadores de

....

68. É provável que Hugo Capeto descendesse de uma neta de Carlos Magno, e Carlos Magno de uma filha de Clotário II. (*Nota de Voltaire.*) – O Sr. Daunou vê essas genealogias como muito incertas. (B.)

província disputarão o trono da França. Suponho que essa princesa, última remanescente do sangue real, terá todas as virtudes que veneramos com respeito nas princesas dos nossos dias; suponho ainda que ela será belíssima e sedutora: em sã consciência, senhores dos estados gerais, recusar-lhe-eis o trono onde seus pais estiveram sentados por quatro mil anos, e isso a pretexto de que a Gália não deve cair nas mãos de mulheres?

Das citações falsas em O espírito das leis[1]

Seria desejável que de todos os livros sobre as leis escritas por Bodin, Hobbes, Grotius, Puffendorf, Montesquieu, Barbeyrac, Burlamaqui, resultasse alguma lei útil, adotada em todos os tribunais da Europa, seja sobre as sucessões, seja sobre os contratos, sobre as finanças, sobre os delitos etc. Mas nem as citações de Grotius, nem as de Puffendorf, nem as de *O espírito das leis* jamais produziram uma sentença do *Châtelet* de Paris ou do *Old Bailey* de Londres. Entorpecemo-nos com Grotius, passamos uns momentos agradáveis com Montesquieu e, se temos um processo, corremos ao nosso advogado.

Foi dito que a letra matava e que o espírito vivificava; mas no livro de Montesquieu o espírito extravia e a letra nada ensina.

....

1. *Questões sobre a Encyclopédie*, oitava parte, 1771. (B.) – Ver também, sobre *O espírito das leis*, os artigos AMOUR SOCRATIQUE, ARGENT, ESCLAVES (seção III), FEMME, GUERRE, HONNEUR, INCESTE; e em Mélanges, ano 1768, a primeira conversação de A, B e C, diálogo; e, ano 1777, o *Comentário sobre* O espírito das leis.

Das citações falsas em O espírito das leis, das conseqüências falsas que o autor tira delas e dos vários erros que importa descobrir

Ele faz Dionísio de Halicarnasso dizer que, segundo Isócrates, "Sólon ordenou que se escolhessem os juízes nas quatro classes dos atenienses". – Dionísio de Halicarnasso não disse uma única palavra a tal respeito; eis as suas palavras: "Isócrates, em sua arenga, refere que Sólon e Clístenes não haviam dado nenhum poder aos celerados, mas aos homens de bem." Que importa, aliás, que numa invectiva Isócrates tenha dito ou não uma coisa tão pouco digna de ser referida? E qual legislador teria pronunciado esta lei: *Os celerados terão poder*?

"Em Gênova o Banco de São Jorge é governado pelo povo, o que lhe dá grande influência."[2] – Esse banco é dirigido por seis classes de nobres chamadas *magistraturas*.

Um inglês ou um newtoniano não aprovaria que ele dissesse: "Sabe-se que o mar, que parece querer cobrir a terra, é detido pela grama e pelos mais ínfimos cascalhos" (Livro II, Cap. IV). Não se sabe nada disso; sabe-se que o mar é detido pelas leis da gravitação, que não são nem cascalho nem grama, e que a influência da Lua e do Sol sobre as marés é, respectivamente, de três para um.

"Os ingleses, para favorecer a liberdade, suprimiram todos os poderes intermediários que formavam sua monarquia" (Livro II, Cap. IV). – Pelo contrário, eles consa-

....
2. O texto de Montesquieu (Livro II, Cap. III) é: "Em Gênova, o Banco de São Jorge, que é administrado em grande parte pelos principais do povo, dá a este uma certa influência sobre o governo."

graram a prerrogativa da câmara alta e conservaram a maior parte das antigas jurisdições que formam poderes intermediários.

"O estabelecimento de um vizir é, num Estado despótico, uma lei fundamental" (Livro II, Cap. V). – Um crítico judicioso[3] observou que é como se dissesse que o ofício dos intendentes do palácio fosse uma lei fundamental. Constantino era mais que despótico e não teve nenhum grão-vizir. Luís XIV era um pouco despótico e não teve nenhum primeiro-ministro. Os papas são bastante despóticos e raramente o têm. Ele não existe na China, que o autor vê como um império despótico; não existiu nenhum na corte do czar Pedro I, e ninguém foi mais despótico do que esse czar. O turco Amurat II não tinha nenhum grão-vizir; Gêngis Khan jamais o teve.

Que diremos desta estranha máxima: "A venalidade dos cargos é boa nos Estados monárquicos, porque transforma numa espécie de negócio familiar o que não se desejaria empreender pela virtude" (Livro V, Cap. XIX)? Foi mesmo Montesquieu quem escreveu essas linhas vergonhosas? Quê! porque as loucuras de Francisco I desarranjaram suas finanças era preciso que ele vendesse a jovens ignorantes o direito de decidir sobre a fortuna, a honra e a vida dos homens? Quê! esse opróbrio torna-se bom na monarquia, e a posição de magistrado torna-se um negócio familiar! Se essa infâmia fosse tão boa, teria ao menos sido adotada por alguma outra monarquia além da França. Não há um só Estado na terra que tenha ousado cobrir-se de semelhante opróbrio. Esse monstro

---

3. Voltaire refere textualmente essa crítica no parágrafo XLIII do seu *Comentário sobre O espírito das leis* (ver Mélanges, ano 1777).

nasceu da prodigalidade de um rei que se tornou indigente e da vaidade de alguns burgueses cujos pais tinham dinheiro⁴. Sempre se atacou esse infame abuso com gritos impotentes, porque teria sido preciso reembolsar os ofícios que se havia vendido. Teria sido mil vezes melhor, diz um grande jurisconsulto, vender o tesouro de todos os conventos e a prataria de todas as igrejas do que vender a justiça. Quando Francisco I tomou a grade de prata de Saint-Martin, não fez mal a ninguém: São Martinho não se queixou disso, pois passa muito bem sem a sua grade; mas vender o cargo de juiz e fazer esse juiz jurar que não o comprou é de uma baixeza sacrílega.

Lastimemos Montesquieu por ter desonrado sua obra com tais paradoxos; mas perdoemos-lhe. Seu tio comprara um cargo de presidente na província e deixou-o para ele. Encontra-se o homem em toda parte. Nenhum de nós está livre de fraquezas.

⁵"Augusto, quando restabeleceu as festas lupercais, não quis que os jovens corressem nus" (Livro XXIV, Cap. XV), e ele cita Suetônio. Mas aqui está o texto de Suetônio⁶: *Lupercalibus vetuit currere imberbes*: ele proibia que se corresse nas Lupercais antes da puberdade. É precisamente o contrário do que diz Montesquieu.

"Quanto às virtudes, Aristóteles não acredita que as haja próprias dos escravos" (Livro IV, Cap. III). – Aristóteles diz em termos expressos: "É preciso que eles te-

....

4. Várias frases do fim deste parágrafo foram reproduzidas por Voltaire no parágrafo XXVII do seu *Comentário sobre O espírito das leis*: ver Mélanges, ano 1777.
5. Esse parágrafo não consta em 1771; é póstumo. (B.)
6. Cap. XXXI.

nham as virtudes necessárias à sua condição, a temperança e a vigilância" (*Da República*, Livro I, Cap. XIII).

"Leio em Estrabão que quando na Lacedemônia uma irmã desposava o irmão, cabia-lhe por dote metade das posses de seu irmão" (Livro V, Cap. V). – Estrabão (Livro X) fala aqui dos cretenses, e não dos lacedemônios.

Ele faz Xenofonte dizer que "em Atenas um homem rico estaria em desespero se acreditassem que ele dependia dos magistrados" (Livro V, Cap. VII). – Xenofonte, nessa passagem, não faz nenhuma referência a Atenas. Eis as suas palavras: "Nas outras cidades, os poderosos não querem que se suspeite que temam os magistrados."[7]

"As leis de Veneza proíbem aos nobres o comércio" (Livro V, Cap. VIII). – "Os antigos fundadores da nossa república, e os nossos legisladores, aplicaram-se em nos exercitar nas viagens e no tráfico marítimo. A primeira nobreza tinha o costume de navegar, seja para exercer o comércio, seja para se instruir."[8] Sacredo diz a mesma coisa. Os costumes, e não as leis, fazem com que hoje os nobres, na Inglaterra e em Veneza, praticamente não se dediquem ao comércio.

"Vede com que habilidade o governo moscovita procura sair do despotismo etc." (Livro V, Cap. XIV). – Fàzem-no abolindo o patriarcado e a milícia inteira dos *streltzy*, tornando-se senhores absolutos das tropas, das finanças e da Igreja, cujos vigários não são pagos senão pelo Tesouro imperial; e, enfim, promulgando leis que tornam esse poder tão sagrado quanto forte? É triste que

---

7. Xenofonte, *República da Lacedemônia*, Cap. VIII.
8. Ver a *História de Veneza* do nobre Paolo Paruta. (*Nota de Voltaire*.)

em tantas citações e em tantos axiomas a verdade seja quase sempre o contrário do que diz o autor. Alguns leitores instruídos se aperceberam disso; os outros se deixaram deslumbrar, e se dirá por quê.

"O luxo dos que têm apenas o necessário será igual a zero. Quem tiver o dobro terá um luxo igual a um. Quem tiver o dobro dos haveres deste último terá um luxo igual a três etc." (Livro VII, Cap. I). – Terá três vezes além do necessário do outro, mas daí não se segue que tenha três de luxo: porque pode ter três de avareza; pode investir esses três no comércio; pode usá-lo para casar suas filhas. Não se deve submeter tais proposições à aritmética: é uma charlatanice miserável.

"Em Veneza, as leis forçam os nobres à modéstia. Eles se acostumaram de tal modo à poupança que só as cortesãs podem levá-los a dar dinheiro" (Livro VII, Cap. III). – Quê! O espírito das leis em Veneza seria gastar apenas com raparigas! Quando Atenas foi rica, houve muitas cortesãs. O mesmo sucedeu em Veneza e em Roma, nos séculos XIV, XV e XVI. Hoje elas gozam de menos crédito ali, porque existe menos dinheiro. Será esse o espírito das leis?

"Os suionos, nação germânica, prestam honra às riquezas, o que os faz viver sob o governo de um só. Isso significa que o luxo é singularmente próprio das monarquias e que não há entre eles nenhuma necessidade de leis suntuárias" (Livro VII, Cap. IV). – Os suionos, segundo Tácito, eram habitantes de uma ilha oceânica situada além da Germânia: *Suionum hinc civitates ipso in Oceano*[9]. Guerreiros valorosos e bem-armados têm também

---

9. *De Moribus Germanorum*, 44.

suas frotas: *Praeter viros armaque classibus valent.* Entre eles os ricos são considerados: *Est... et opibus honos.* Têm um único chefe: *eosque unus imperitat.*

Esses bárbaros que Tácito não conhecia e que, em seu pequeno país, tinham apenas um chefe e preferiam o proprietário de cinqüenta vacas ao que possuísse apenas uma dúzia delas, têm alguma relação com as nossas monarquias e as nossas leis suntuárias?

"Os samnitas tinham um *belo* costume, que devia produzir admiráveis efeitos. O jovem declarado o melhor tomava por mulher a moça que ele quisesse. O que tinha os sufrágios depois dele escolhia também e assim por diante" (Livro VII, Cap. XVI). – O autor tomou os sunitas, povo da Cítia, pelos samnitas, vizinhos de Roma. Ele cita um fragmento de Nicolau de Damasco, recolhido por Estobeu; mas Nicolau de Damasco é uma fonte segura? Esse belo costume, aliás, seria muito prejudicial em qualquer Estado organizado: porque, se o rapaz declarado o melhor tivesse enganado os juízes, se a moça não quisesse saber dele, se ele não tivesse bens, se desagradasse ao pai e à mãe, quantos inconvenientes e quantas conseqüências funestas!

"Quem ler a admirável obra de Tácito sobre os costumes dos germânicos verá que foi deles que os ingleses tiraram a idéia de seu governo político. Esse belo sistema foi encontrado nos bosques" (Livro XI, Cap. VI). – A Câmara dos Pares e a Câmara dos Comuns, a Corte de Eqüidade, encontradas nos bosques! Ninguém o adivinharia. Sem dúvida os ingleses devem também as suas esquadras e o seu comércio aos costumes dos germânicos, e os sermões de Tillotson àquelas pias feiticeiras germânicas que sacrificavam os prisioneiros e avaliavam o sucesso de uma campanha pela maneira como o sangue deles corria. É de crer também que devem suas belas fábricas ao louvável costume dos germânicos, que prefeririam viver de rapina a trabalhar, como diz Tácito.

"Aristóteles inclui na classe das monarquias o império dos persas e o reino da Lacedemônia. Mas quem não vê que um era um Estado despótico e o outro uma república?" (Livro XI, Cap. IX). – Quem não vê, ao contrário, que a Lacedemônia teve um único rei durante quatrocentos anos e em seguida dois, até a extinção da raça dos Heráclidas, o que perfaz um período de cerca de mil anos?[10] Sabe-se que nenhum rei era despótico por direito, nem mesmo na Pérsia; mas todo príncipe dissimulado, ousado e endinheirado torna-se despótico em pouco tempo na Pérsia e na Lacedemônia; eis por que Aristóteles distingue das repúblicas qualquer Estado que tenha chefes perpétuos e hereditários.

"Um antigo uso dos romanos proibia matar as meninas que não eram núbeis" (Livro XII, Cap. XIV). – Ele se engana. 'More tradito nefas virgines strangulare': é proibido estrangular as meninas, núbeis ou não.

"Tibério adotou o expediente de fazê-las violar pelo carrasco" (*ibidem*). – Tibério não ordenou ao carrasco que violasse a filha de Sejano. E, se é verdade que o car-

....

10. Lia-se em 1771:

"Mil anos. O autor engana-se apenas de dez séculos.

"*A esterilidade da Ática estabeleceu aí o governo popular; e a fertilidade da Lacedemônia, o aristocrático*. Onde ele foi buscar essa quimera? Ainda hoje tiramos da Atenas escrava o algodão, a seda, o arroz, o trigo, o azeite, os couros; e da terra da Lacedemônia, nada.

"Um antigo uso etc."

A passagem que se acaba de citar foi referida mais adiante com algumas mudanças. (B.)

rasco de Roma cometeu essa infâmia na prisão, não está absolutamente provado que o tenha feito por ordem expressa de Tibério. Que necessidade tinha ele de semelhante horror?

"Na Suíça não se pagam tributos, mas sabe-se a razão particular disso. [...] Nessas montanhas estéreis os víveres são tão caros e o país é tão povoado que um suíço paga quatro vezes mais à natureza do que um turco ao sultão" (Livro XIII, Cap. XII). – Tudo isso é falso. Não há nenhum imposto na Suíça, mas cada um paga os dízimos, os censos, o laudêmio que se pagavam aos duques de Zehringuen e aos monges. As montanhas, excetuadas as geleiras[11], são férteis pastagens; elas fazem a riqueza do país. A carne de açougue custa aproximadamente a metade do que em Paris. Não se sabe o que o autor tem em mente quando diz que um suíço paga quatro vezes mais à natureza do que um turco ao sultão. Ele pode beber quatro vezes mais do que um turco porque tem o vinho da Côte e o excelente vinho da Vaux.

"Os povos dos países quentes são tímidos como os velhos; os dos países frios são corajosos como os jovens" (Livro XIV, Cap. II). – É preciso tomar cuidado para não deixar escapar proposições gerais como essas. Nunca se conseguiu fazer ir à guerra um lapão ou um samoiedo; e os árabes conquistaram em oitenta anos mais países do que os do Império romano. Os espanhóis, em pequeno número, venceram na batalha de Mulberg os soldados do Norte da Alemanha. Esse axio-

---

11. É assim que se lê nas edições originais, in-4º e de 1775, e mesmo na edição de Kehl. Alguns editores recentes colocaram *glaciares* [*glaciers*].

ma do autor é tão falso quanto todos os que se referem ao clima[12].

"López de Gama diz que os espanhóis encontraram perto de Santa Marta uns cestos nos quais os habitantes tinham posto gêneros como caranguejos, lesmas, gafanhotos. Os vencedores consideraram isso um crime da parte dos vencidos. O autor confessa que foi nisso que se fundou o direito que tornava os americanos escravos dos espanhóis, além do fato de eles fumarem tabaco e de não fazerem a barba à moda espanhola" (Livro XV, Cap. III). – Não há nada em López de Gama que faça pensar nessa asneira. É demasiado ridículo inserir numa obra séria semelhantes afirmações, que não seriam suportáveis nem mesmo nas *Cartas persas*.

"Foi na idéia da religião que os espanhóis basearam o direito de escravizar tantos povos: porque esses bandidos, que queriam absolutamente ser bandidos e cristãos, eram muito devotos" (Livro XV, Cap. IV). – Não é portanto porque os americanos não faziam a barba à espanhola nem porque fumavam tabaco; não é, pois, de modo algum porque tinham uns cestos cheios de lesmas e gafanhotos.

Essas contradições freqüentes custam muito pouco ao autor.

"Luís XIII desaprovava ao extremo a lei que tornava escravos os negros de suas colônias; mas, quando o convenceram de que esse era o caminho mais seguro para convertê-los, deu o seu consentimento" (*ibidem*). – Onde a imaginação do autor foi buscar essa anedota? A pri-

....

12. Ver artigo CLIMAT, *Dictionnaire Philosophique*, II, *in* Voltaire, *Oeuvres complètes, op. cit.*

meira concessão para o tráfico dos negros é de 11 de novembro de 1673. Luís XIII morreu em 1643. Isso assemelha-se à recusa de Francisco I em dar ouvidos a Cristóvão Colombo, que descobrira as Antilhas antes do nascimento de Francisco I[13].

"Perry diz que os moscovitas se vendem muito facilmente. Bem sei a razão disso: é que a sua liberdade não vale nada" (Livro XV, Cap. VI). – Já observamos, no artigo ESCRAVIDÃO, que Perry não diz uma só palavra de tudo o que o autor de *O espírito das leis* o faz dizer.

"Em Achem todo o mundo tenta se vender" (*ibidem*). – Ainda aqui, nada mais falso. Todos esses exemplos tomados ao acaso entre os povos de Achem, de Bantam, do Ceilão, de Bornéu, das ilhas Molucas, das Filipinas, todos tirados de viajantes muito mal informados e todos falsificados, sem excetuar um só, não deviam seguramente entrar num livro em que se promete examinar as leis da Europa.

"Nos Estados maometanos, é-se senhor não apenas da vida e dos bens das mulheres escravas como também do que se chama de sua virtude ou sua honra" (Livro XV, Cap. XII). – De onde tirou ele essa estranha asserção, que é da maior falsidade? A surata ou capítulo XXIV do Alcorão, intitulada "A luz", diz expressamente: "Tratai bem vossos escravos, e se virdes neles algum mérito partilhai com eles as riquezas que Deus vos concedeu. Não forceis as mulheres escravas a se prostituírem a vós etc."

---

13. Voltaire, que já assinalou esse anacronismo no artigo ARGENT, *Dictionnaire Philosophique*, in Voltaire, *Oeuvres complètes, op. cit.*, tomo XVII, volta a ele no parágrafo XXXVII do seu *Comentário sobre O espírito das leis*; ver p. 354, Mélanges, ano 1777.

Em Constantinopla pune-se com a morte o senhor que matou seu escravo, a menos que se prove que o escravo levantou a mão contra ele. Uma escrava que prove que o seu senhor a violou é declarada livre com direito a indenização.

"Em Patane, a lubricidade das mulheres é tamanha que os homens são obrigados a fazer certos acessórios para se protegerem de suas investidas" (Livro XVI, Cap. X). – Pode-se referir seriamente essa impertinente extravagância? Qual o homem que não conseguiria defender-se dos assédios de uma mulher devassa sem se armar de um cadeado? Que lástima! E observai que o viajante chamado Sprenkel, o único a fazer esse relato absurdo, diz em palavras próprias que "os maridos em Patane são extremamente ciumentos de suas mulheres e não permitem a seus melhores amigos que as vejam, nem a elas nem às suas filhas".

Qual espírito das leis é esse em que rapagões colocariam cadeados em seus calções por medo de que as mulheres viessem mexer ali em plena rua!

"Os cartagineses, no relato de Diodoro, encontraram tanto ouro e prata nos Pireneus que os colocaram nas âncoras de seus navios" (Livro XXI, Cap. XI). – O autor cita o sexto livro de Diodoro, e esse sexto livro não existe. Diodoro, no quinto, fala dos fenícios, e não dos cartagineses.

"Nunca se observou nenhum ciúme entre os romanos quanto ao comércio. Foi como nação rival, e não como nação comerciante, que eles atacaram Cartago" (Livro XXI, Cap. XIV). – Foi como nação comerciante e guerreira, como o prova o douto Huet em seu tratado sobre o comércio dos antigos. Ele prova que muito tempo antes da Primeira Guerra Púnica os romanos já se dedicavam ao comércio.

"Vê-se no tratado que pôs termo à Primeira Guerra Púnica que Cartago mostrou-se particularmente atenta em conservar o império marítimo, e Roma em conservar o terrestre" (Livro XXI, Cap. XI). – Esse tratado é do ano 510 de Roma. Nele se diz que os cartagineses não poderiam navegar para nenhuma das ilhas perto da Itália e que evacuariam a Sicília. Assim os romanos tiveram o império do mar, pelo qual haviam combatido. E Montesquieu enunciou precisamente o contrário de uma verdade histórica que é das mais bem constatadas.

"Hannon, na negociação com os romanos, declarou que os cartagineses não tolerariam que os romanos sequer lavassem as mãos nos mares da Sicília" (*ibidem*). – O autor comete aqui um anacronismo de vinte e dois anos. A negociação de Hannon é do ano 488 de Roma, e o tratado de paz em questão, de 510[14].

"Não se permitiu aos romanos navegar além do belo promontório. Foi-lhes vedado traficar na Sicília, na Sardenha, na África, exceto em Cartago" (*ibidem*). – O autor comete aqui um anacronismo de duzentos e sessenta e cinco anos. É baseado em Políbio que ele refere esse tratado concluído no ano 245 de Roma, sob o consulado de Júnio Bruto, imediatamente após a expulsão dos reis; também aqui as condições não são fielmente referidas. "Carthaginem vero, et in caetera Africae loca quae cis pulchrum promontorium erant; item in Sardiniam atque Siciliam, ubi Carthaginienses imperabant, navigare mercimonii causa licebat." Foi permitido aos romanos nave-

....

14. Ver as *Obras de Políbio* (III, c. 23). (*Nota de Voltaire.*)

gar, em razão do seu comércio com Cartago, por todas as costas da África aquém do promontório, do mesmo modo que pelas costas da Sardenha e da Sicília, que obedeciam aos cartagineses.

Esse simples termo, *mercimonii causa, em razão do seu comércio,* demonstra que os romanos estavam ocupados com os interesses do comércio desde o nascimento da república.

N. B. Tudo o que diz o autor sobre o comércio antigo e moderno é extremamente errôneo.

Passo por cima de um número prodigioso de erros capitais acerca desse assunto, por importantes que sejam, porque um dos mais célebres negociantes da Europa está ocupado em registrá-los num livro que será muito útil.

"A esterilidade do terreno da Ática estabelece aí o governo popular, e a fertilidade do da Lacedemônia, o governo aristocrático" (Livro XVIII, Cap. I). – Onde ele foi buscar essa quimera? Ainda hoje tiramos da Atenas escrava o algodão, a seda, o arroz, o trigo, o azeite, os couros; e da terra da Lacedemônia, nada. Atenas era vinte vezes mais rica do que a Lacedemônia. Com relação à generosidade do solo, é preciso ter estado lá para avaliá-la. Mas jamais se atribuiu a forma de um governo à maior ou menor fertilidade de um terreno. Veneza tinha pouquíssimo trigo quando os nobres a governaram. Gênova não tem com certeza um solo fértil, e é uma aristocracia. Genebra assemelha-se mais ao Estado popular, e não tem uma produção que lhe permita alimentar-se durante quinze dias. A Suécia pobre esteve por longo tempo sob o jugo da monarquia, enquanto a Polônia fértil foi uma aristocracia. Não concebo como se pode assim estabelecer pretensas regras, continuamente desmentidas pela experiência. Quase todo o livro, é preciso confessá-lo, está baseado em suposições que a menor atenção destruiria.

"O feudalismo é um fato ocorrido uma vez no mundo e que talvez jamais se repetirá etc." (Livro XXX, Cap. I). – Encontramos o feudalismo, os benefícios militares estabelecidos sob Alexandre Severo, sob os reis lombardos, sob Carlos Magno, no Império otomano, na Pérsia, no Mogol, no Pegu; e finalmente Catarina II, imperatriz da Rússia, doou como feudo durante algum tempo a Moldávia, conquistada por seus exércitos. Enfim, não se deve dizer que o governo feudal não voltará mais, quando a dieta de Ratisbona está reunida.

"Entre os germânicos, havia vassalos e não feudos [...] Os feudos eram cavalos de batalha, armas, refeições" (Livro XXX, Cap. III). – Que idéia! Não existe vassalidade sem terra. Um oficial a quem seu general tiver oferecido uma ceia nem por isso será seu vassalo.

"No tempo do rei Carlos IX havia vinte milhões de homens na França" (Livro XXIII, Cap. XXIV). – Ele cita Puffendorf em abono dessa asserção: Puffendorf chega a vinte e nove milhões, e copiara esse exagero de um dos nossos autores, que se enganava em cerca de catorze a quinze milhões. A França não contava então, entre suas províncias, com a Lorena, a Alsácia, o Franco-Condado, a metade de Flandres, o Artois, o Cambrésis, o Roussillon, o Béarn; e hoje que ela possui todas essas regiões ainda não tem vinte milhões de habitantes, segundo o recenseamento dos lares feito exatamente em 1751. No entanto ela nunca foi tão povoada, e isso está provado pela quantidade de terrenos explorados desde Carlos IX.

"Na Europa os impérios nunca lograram subsistir" (Livro XVII, Cap. VI). – No entanto o Império romano manteve-se durante quinhentos anos e o Império turco perdura desde 1453.

"A causa da duração dos grandes impérios na Ásia é que ali só existem grandes planícies" (*ibidem*). – Ele não se lembrou das montanhas que atravessam a Anatólia e a Síria, do Cáucaso, dos Taurus, do Ararat, do Haemus e do Saro, cujas ramificações recobrem a Ásia.

"Na Espanha proibiram-se os tecidos de ouro e de prata. Tal decreto seria semelhante ao que fariam os Estados da Holanda se proibissem o consumo da canela" (Livro XXI, Cap. XXII). – Não se pode fazer comparação mais falsa, nem dizer coisa menos política. Os espanhóis, que não tinham manufaturas, teriam sido obrigados a comprar esses tecidos no estrangeiro. Os holandeses, pelo contrário, são os únicos detentores da canela. O que era razoável na Espanha teria sido absurdo na Holanda.

Não entrarei na discussão do antigo governo dos francos, vencedores dos gauleses; nesse caos de costumes bizarros e contraditórios; no exame dessa barbárie, dessa anarquia que duraram tanto tempo e sobre as quais existem tantas opiniões diferentes quanto as que temos em teologia. Já se perdeu muito tempo descendo nesses abismos de ruínas nos quais o autor de *O espírito das leis* deve ter-se extraviado como os demais.

[15]Chego à grande querela entre o abade Dubos, digno secretário da Academia Francesa, e o presidente Mon-

---

15. Os onze parágrafos que se seguem não constavam, em 1771, das *Questões sobre a Encyclopédie*, mas foram acrescentados em 1774, na edição in-4º. (B.)

tesquieu, digno membro da mesma Academia[16]. O membro zomba muito do secretário e o vê como um visionário ignorante. Parece-me que o padre Dubos é muito douto e muito circunspecto; parece-me sobretudo que Montesquieu o faz dizer o que ele nunca disse, e isso segundo o seu costume de citar ao acaso, e de citar falso.

Eis a acusação assacada por Montesquieu contra Dubos:

"O Sr. abade Dubos quer eliminar toda espécie de idéia de que os francos tenham entrado nas Gálias como conquistadores. Segundo ele, os nossos reis, chamados pelos povos, nada mais fizeram do que colocar-se no seu lugar e suceder aos direitos dos imperadores romanos" (Livro XXX, Cap. XXIV).

Um homem mais instruído do que eu observou antes de mim que Dubos nunca disse que os francos saíram dos confins do seu país para vir apoderar-se do império das Gálias, por consentimento dos povos, como se vai recolher uma sucessão. Dubos diz exatamente o contrário: ele prova que Clóvis empregou as armas, as negociações, os tratados e até mesmo as concessões dos imperadores romanos residentes em Constantinopla para se apossar de um país abandonado. Não o arrebatou aos imperadores romanos, mas aos bárbaros, que sob Odoacro haviam destruído o império.

Dubos diz que em alguma parte das Gálias vizinha da Borgonha se desejava a dominação dos francos; mas

---

16. O abade Dubos é autor de uma obra intitulada *Établissement de la monarchie française dans les Gaules*. Montesquieu empregou o último livro de *O espírito das leis* para refutar o sistema que Dubos expusera em seu *Établissement*. (G. A.)

é precisamente isso que é atestado por Gregório de Tours: "Cum jam terror Francorum resonaret in his partibus, et omnes eos amore desiderabili cuperent regnare, sanctus Aprunculus, Lingonicae civitatis episcopus, apud Burgundiones coepit haberi suspectus; cumque odium de die in diem cresceret, jussum est ut clam gladio feriretur" (*Greg. Tur. Hist.*, Livro II, Cap. XXIII)*.

Montesquieu acusa Dubos de não ter sabido mostrar a existência da república armórica: no entanto Dubos provou-a incontestavelmente por vários monumentos, e sobretudo por esta citação exata do historiador Zózimo: "Totus tractus armoricus, coeteraeque Gallorum provinciae Britannos imitatae, consimili se modo liberarunt, ejectis magistratibus romanis, et sua quadam republica pro arbitrio constituta."**

Montesquieu vê como um grande erro em Dubos a afirmação de que Clóvis sucedeu a Childerico, seu pai, na dignidade de comandante da milícia romana na Gália; mas Dubos nunca disse isso. Eis as suas palavras: "Clóvis chegou à coroa dos francos aos dezesseis anos, e essa idade não o impediu de ser investido pouco tempo depois das dignidades militares do Império romano, que Childerico exercera e que eram, parece, postos na milí-

---

* Quando o terror dos francos já ressoava por estas regiões e todos desejavam que eles reinassem com amor, Santo Aprúnculo, bispo da cidade dos língones, na terra dos borguinhões, começou a ser considerado suspeito; e como o ódio crescesse dia a dia, ordenou-se que ele fosse morto pela espada. [N. do R.]

** Toda a região armórica e as outras províncias gaulesas que imitaram os bretões libertaram-se de modo semelhante, depois de expulsos os magistrados romanos e constituída sua própria república por decisão própria. [N. do R.]

cia." Dubos limita-se aqui a uma conjetura que em seguida se encontra apoiada em provas evidentes.

Com efeito, havia muito que os imperadores estavam acostumados à triste necessidade de opor bárbaros a outros bárbaros, no intuito de exterminá-los uns pelos outros. O próprio Clóvis acabou recebendo a dignidade de cônsul: sempre respeitou o Império romano, mesmo ao se apoderar de uma das suas províncias. Não mandou cunhar moeda em seu próprio nome; todas as que temos de Clóvis são de Clóvis II, e os novos reis francos não se atribuíam essa marca de poder independente senão depois que Justiniano, para uni-los a ele e para empregá-los contra os ostrogodos da Itália, lhes fez uma cessão das Gálias em devida forma.

Montesquieu condena severamente o abade Dubos com base na famosa carta de Rémi, bispo de Reims, que sempre se entendeu com Clóvis e que o batizou em seguida. Eis essa carta importante:

"Ouvimos falar de como vos encarregastes da administração dos negócios da guerra, e não me surpreende ver que sois o que vossos pais foram. Trata-se agora de atender aos desígnios da Providência, que recompensa a vossa moderação elevando-vos a uma dignidade tão eminente. É o fim que coroa a obra. Tomai pois, para vossos conselheiros, pessoas cuja escolha faça honra ao vosso discernimento. Não cometais excessos em vosso benefício militar. Não disputeis a precedência aos bispos cujas dioceses se encontram em vosso departamento e aconselhai-vos com eles nas devidas ocasiões. Enquanto viverdes em boa inteligência com eles, encontrareis todo tipo de facilidade no exercício de vossa função etc."

Vê-se claramente por essa carta que Clóvis, jovem rei dos francos, era oficial do imperador Zenão; que era grão-mestre da milícia imperial, cargo que corresponde ao do nosso coronel-general; que Rémi queria dirigi-lo, ligar-se a ele, conduzi-lo e servir-se dele como de um protetor contra os padres eusebianos da Borgonha e que, por conseguinte, Montesquieu estava muito errado ao zombar do abade Dubos e fingir que o desprezava. Mas enfim chega um dia em que a verdade se esclarece.

Depois de ter visto que, como em outras obras, há erros em *O espírito das leis*, depois que todo o mundo concordou em que esse livro carece de método, que não tem nenhum plano, nenhuma ordem e em que, depois de o haver lido, quase não se sabe o que se leu, cumpre investigar qual é o seu mérito e qual a causa de sua reputação.

É primeiramente porque ele está escrito com muito espírito, e porque todos os demais livros sobre o mesmo assunto são enfadonhos. É por isso que já observamos que uma dama que tinha tanto espírito quanto Montesquieu dizia que seu livro era *espirituoso sobre as leis*[17]. Nunca ele foi mais bem definido.

Uma razão muito mais forte ainda é que esse livro, cheio de grandes desígnios, ataca a tirania, a superstição e o imposto extraordinário, três coisas que os homens detestam. O autor consola escravos deplorando os seus grilhões; e os escravos o abençoam.

O que lhe valeu os aplausos da Europa valeu-lhe também as invectivas dos fanáticos.

Um de seus mais encarniçados e mais absurdos inimigos, que com seus furores mais contribuiu para fazer respeitar o nome de Montesquieu na Europa, foi o pan-

....
17. Em sua carta ao duque de Uzès, de 14 de setembro de 1752, Voltaire cita essas palavras da Sra. du Deffant.

fletista dos convulsionários. Ele o tratou de *spinozista* e de *deísta*, isto é, acusa-o de não acreditar em Deus e de acreditar em Deus.

Acusa-o de haver estimado Marco Aurélio, Epicteto e os estóicos e de nunca ter exaltado Jansênio, o abade de Saint-Cyran e o padre Quesnel.

Considera um crime irremissível a afirmação de que Bayle é um grande homem.

Diz que *O espírito das leis* é uma dessas obras monstruosas de que a França só se inundou depois da bula *Unigenitus*, que corrompeu todas as consciências.

Esse patife, que da sua água-furtada tirava pelo menos trezentos por cento da sua *Gazette ecclésiastique*, invectivou como um ignorante contra os juros do dinheiro calculados sobre a taxa do rei. Foi secundado por alguns pernósticos de sua espécie: acabaram por assemelhar-se aos escravos que estão aos pés da estátua de Luís XIV: são esmagados e mordem as próprias mãos.

Montesquieu quase sempre está errado em relação aos sábios, porque não o era; mas tem sempre razão contra os fanáticos e contra os promotores da escravidão: nesse sentido a Europa deve-lhe eternos agradecimentos[18].

Perguntam-nos por que então assinalamos tantos defeitos na sua obra. Respondemos: É porque amamos a verdade, à qual devemos as primeiras deferências. Acrescentamos que os fanáticos ignorantes que escreveram contra ele com tanta amargura e insolência não conheceram nenhum dos seus verdadeiros erros, e que reverenciamos, juntamente com todos os homens de bem da Europa, todas as passagens contra as quais esses buldogues do cemitério de Saint-Médard ladraram.

....

18. Fim do artigo de 1771; o que se segue foi acrescentado em 1774. (B.)

COMENTÁRIO
sobre o livro
DOS DELITOS E DAS PENAS
por um advogado de província
(1766)

I
Oportunidade deste comentário

Eu estava imbuído da leitura do livrinho *Dos delitos e das penas*[1], que é em moral o que são na medicina os poucos remédios com os quais nossos males podem ser aliviados. Comprazia-me em pensar que essa obra abrandaria o que resta de bárbaro na jurisprudência de tantas nações; esperava alguma reforma no gênero humano, quando soube que acabavam de enforcar, numa província, uma jovem de dezoito anos, bela e bem-feita, que tinha talentos úteis e pertencia a uma família muito honesta.

Ela era culpada de ter deixado que lhe fizessem um filho; era-o ainda mais por ter abandonado o seu fruto. Essa jovem infortunada, fugindo da casa paterna, é surpreendida pelas dores do parto; dá à luz sozinha e sem ajuda junto a uma fonte. A vergonha, que é no sexo uma

---

1. O livro *Dos delitos e das penas*, escrito em italiano pelo marquês de Beccaria, foi traduzido pelo padre Morellet já em 1766. Existem outras traduções francesas.

paixão violenta, deu-lhe força suficiente para voltar à casa de seu pai e para esconder o seu estado. Ela abandona o filho, que é encontrado morto no dia seguinte; a mãe é descoberta, condenada à forca e executada.

O primeiro delito dessa moça, ou deve ficar encerrado no segredo de sua família ou só merece a proteção das leis, porque cabe ao sedutor reparar o mal que fez, porque a fraqueza tem direito à indulgência, porque tudo fala em favor de uma moça cuja gravidez clandestina a coloca freqüentemente em perigo de morte; porque essa gravidez conhecida mancha-lhe a reputação e porque a dificuldade de criar o filho é um infortúnio ainda maior.

O segundo delito é mais criminoso: ela abandona o fruto de sua fraqueza e o expõe a perecer.

Mas será que o fato de uma criança morrer torna absolutamente necessário matar a mãe? Ela não o matou; esperava que algum transeunte tivesse piedade daquela criatura inocente; podia mesmo ter a intenção de ir reencontrar o filho e fazer com que lhe dessem a assistência necessária. Esse sentimento é tão natural que se deve presumi-lo no coração de uma mãe. A lei é positiva contra a jovem da província de que estou falando; mas essa lei não será injusta, desumana e perniciosa? Injusta porque não distinguiu entre aquela que mata o filho e aquela que o abandona; desumana porque faz perecer cruelmente uma infeliz a quem não se pode reprovar senão a fraqueza e a precipitação em esconder a sua desdita; perniciosa porque arrebata à sociedade uma cidadã que devia dar súditos ao Estado, numa província onde as pessoas se queixam de despovoamento.

A caridade ainda não criou neste país estabelecimentos beneficentes onde os filhos abandonados possam ser alimentados. Ali onde falta a caridade, a lei é sempre cruel. Seria bem melhor prevenir esses infortúnios, que são bastante comuns, em vez de simplesmente puni-los. A verdadeira jurisprudência consiste em impedir os delitos, e não em punir com a morte um sexo frágil, quando é evidente que o seu crime não se acompanhou de malícia e mortificou-lhe o coração.

Assegurai, tanto quanto puderdes, uma ajuda a todo aquele que seja tentado a fazer o mal e tereis menos motivos para punir.

II

Dos suplícios

Esse infortúnio e essa lei tão dura, com a qual fiquei sensivelmente chocado, fizeram-me lançar os olhos sobre o código criminal das nações. O autor humano de *Dos delitos e das penas* tem toda a razão ao lastimar que a punição seja com muita freqüência desproporcional ao crime e às vezes perniciosa ao Estado, a quem deve ser útil.

Os suplícios requintados nos quais se vê que o espírito humano se esmerou em tornar a morte horrorosa parecem inventados antes pela tirania do que pela justiça.

O suplício da roda foi introduzido na Alemanha nos tempos de anarquia, quando os que se apoderavam dos direitos realengos queriam amedrontar, por meio de um tormento inaudito, quem quer que ousasse atentar contra eles. Na Inglaterra abriam o ventre de um homem acusado de alta traição, arrancavam-lhe o coração, esbofeteavam-no e o coração era jogado nas chamas. Mas qual era, quase sempre, o crime de alta traição? Era, nas guerras civis, o ter sido fiel a um rei infeliz e às vezes o ter-se manifestado sobre o direito duvidoso do vencedor. Por fim os costumes se abrandaram; certo é que se continuou a arrancar o coração, mas sempre após a morte do condenado. O cerimonial é terrível, mas a morte é suave, se é que pode sê-lo.

III

Das penas contra os heréticos

Foi principalmente a tirania quem primeiro aplicou a pena de morte aos que divergiam da Igreja dominante em alguns dogmas. Nenhum imperador cristão havia imaginado, antes do tirano Máximo, condenar um homem ao suplício unicamente por motivo de questões controversas. É bem verdade que foram dois bispos espanhóis que pediram a morte dos priscilianistas junto a Máximo; mas não é menos certo que esse tirano queria agradar ao partido dominante derramando o sangue dos heréticos. A barbárie e a justiça lhe eram igualmente indiferentes. Com inveja de Teodósio, espanhol como ele, gabava-se de ter-lhe arrebatado o Império do Oriente, como já havia invadido o do Ocidente. Teodósio era odiado por suas crueldades, mas soubera aliciar todos os chefes da religião. Máximo queria mostrar o mesmo zelo e ligar os bispos espanhóis à sua facção. Adulava do mesmo modo a antiga e a nova religião; era um homem tão velhaco quanto desumano, como todos os que nessa época pretenderam ou obtiveram o Império. Essa vasta parte do mundo era governada como o é a Argélia hoje. A milícia fazia e desfazia os imperadores; escolhia-os com muita freqüência entre as nações reputadas bárbaras. Teodósio lhe opunha então outros bárbaros da Cítia. Foi ele quem encheu os exércitos de godos colocando-os sob o comando de Alarico, que derrotou Roma. Nessa confusão horrível, vencia, pois, quem fortalecesse mais o seu partido por todos os meios possíveis.

Máximo acabava de mandar assassinar em Lyon o imperador Graciano, colega de Teodósio; estava cogitando matar Valentiniano II, nomeado sucessor de Graciano em Roma quando ainda era criança. Nesse momento ele reunia em Trier um poderoso exército, composto de gauleses e alemães. Estava recrutando tropas na Espanha, quando dois bispos espanhóis, Idácio e Ítaco ou Itácio[2], que gozavam então de muito crédito, vieram pedir-lhe o sangue de Prisciliano e de todos os seus adeptos, que diziam que as almas são emanações de Deus, que a Trindade não contém três hipóstases e que levavam o sacrilégio a ponto de jejuar no domingo. Máximo, metade pagão, metade cristão, logo percebeu a enormidade desses crimes. Os santos bispos Idácio e Itácio obtiveram que primeiro se torturasse Prisciliano e seus cúmplices, antes de fazê-los morrer: eles presenciaram tudo, a fim de que tudo se passasse em boa ordem, e regressaram abençoando Deus e colocando Máximo, o defensor da fé, na categoria dos santos. Mas, tendo sido derrotado por Teodósio e em seguida assassinado aos pés de seu vencedor, Máximo não foi canonizado.

Observe-se que São Martinho, bispo de Tours, homem verdadeiramente virtuoso, solicitou o perdão para Prisciliano; mas os bispos o acusaram de ser ele próprio

---

2. São Jerônimo, *De Viris illustribus*, Cap. CXXI.

herético e ele voltou para Tours por medo de que o torturassem em Trier.

Quanto a Prisciliano, teve o consolo, depois de ter sido enforcado, de ser venerado por sua seita como um mártir. Celebrou-se a sua festa e até hoje ele seria festejado se houvesse priscilianistas.

Esse exemplo fez tremer toda a Igreja, mas logo depois foi imitado e incrementado. Tinha-se feito perecer priscilianistas pelo gládio, pela corda e pela lapidação. Uma jovem dama, suspeita de haver jejuado no domingo, fora apenas lapidada em Bordeaux[3]. Esses suplícios pareceram muito brandos: provou-se que Deus exigia que os heréticos fossem queimados a fogo lento. A razão peremptória que se dava para isso era que Deus os puniu assim no outro mundo[4] e que todo príncipe, todo lugar-tenente do príncipe, enfim, o menor magistrado é a imagem de Deus neste mundo.

Foi com base nesse princípio que se queimaram por toda parte os feiticeiros, que estavam visivelmente sob o império do diabo, e os heterodoxos, considerados ainda mais criminosos e perigosos do que os feiticeiros.

Não se sabe precisamente qual era a heresia dos cônegos que o rei Roberto, filho de Hugo, e Constância, sua mulher, mandaram queimar[5] na sua presença em Orléans em 1022. Como sabê-lo? Não havia então senão um

---

3. Ver a *História da Igreja*. (*Nota de Voltaire.*)
4. Ver *Essai sur les Moeurs*, II, Cap. CXXXVI, *in* Voltaire, *Oeuvres complètes*, Garnier, Paris, 1878, tomo XII, p. 323; *Histoire de Parlement de Paris*, I, Cap. XXI, *in* Voltaire, *Oeuvres complètes*, tomo XV, p. 504; e *De la Paix Perpétuelle*, Mélanges, VIII, *in* Voltaire, *Oeuvres complètes*, Garnier, Paris, 1879.
5. Ver *Essai sur les Moeurs*, I, Cap. XLV, *in* Voltaire, *Oeuvres complètes*, Garnier, Paris, 1878, tomo XI, p. 380.

pequeníssimo número de clérigos e monges que conheciam o uso da escrita. Tudo o que está constatado é que Roberto e sua mulher regalaram a vista com esse espetáculo abominável. Um dos sectários tinha sido o confessor de Constância; essa rainha não encontrou melhor forma de reparar a infelicidade de ter-se confessado com um herético senão a de vê-lo devorado pelas chamas.

O hábito se faz lei; e desde esse tempo até os nossos dias, isto é, durante mais de setecentos anos, tem-se queimado os que foram ou pareceram ter sido maculados pelo crime de uma opinião errônea.

IV

Da extirpação das heresias[6]

Cumpre, parece-me, distinguir numa heresia a opinião e a facção. Desde os primórdios do cristianismo as opiniões foram divididas. Os cristãos de Alexandria não pensavam, sobre vários pontos, como os de Antioquia. Os acadianos opunham-se aos asiáticos. Essa diversidade perdurou em todos os tempos e provavelmente há de perdurar sempre. Jesus Cristo, que podia reunir todos os seus fiéis num mesmo sentimento, não o fez: é, pois, de presumir que ele não o quis e que o seu desígnio era adestrar todas as suas Igrejas na indulgência e na caridade, permitindo-lhes sistemas diferentes, que se reunis-

----

6. Esse parágrafo, reproduzido em 1771 nas *Questões sobre a Encyclopédie*, formava ali a segunda seção do artigo HÉRÉSIE, seção III, *Dictionnaire Philosophique*, III, *in* Voltaire, *Oeuvres complètes*, Garnier, Paris, 1879, tomo XIX, p. 336.

sem todos para reconhecê-lo como chefe e senhor. Todas essas seitas, longamente toleradas pelos imperadores ou ocultas aos seus olhos, não podiam perseguir-se e proscrever-se umas às outras, já que estavam igualmente submetidas aos magistrados romanos; tudo o que podiam fazer era altercar. Quando os magistrados as perseguiram, todas elas reivindicaram igualmente o direito da natureza. Disseram: "Deixai-nos adorar a Deus em paz; não nos tireis a liberdade que concedeis aos judeus." Todas as seitas hoje podem proferir o mesmo discurso aos que as oprimem. Podem dizer aos povos que deram privilégios aos judeus: "Tratai-nos como tratais esses filhos de Jacó; deixai-nos orar a Deus, como eles, segundo a nossa consciência; nossa opinião não faz mais mal ao vosso Estado do que a do judaísmo. Tolerais os inimigos de Jesus Cristo: tolerai-nos, pois, a nós que adoramos Jesus Cristo e que não diferimos de vós senão em sutilezas de teologia; não vos priveis a vós mesmos de súditos úteis. Importa-vos que eles trabalhem em vossas manufaturas, em vossa marinha, no cultivo das vossas terras; e não vos importa que eles tenham alguns artigos de fé diferentes dos vossos. É dos seus braços que tendes necessidade, e não do seu catecismo."

A facção é uma coisa bem distinta. Acontece sempre, e necessariamente, que uma seita perseguida degenera em facção. Os oprimidos se reúnem e se encorajam. Têm mais habilidade para fortificar o seu partido do que a seita dominante para exterminá-lo. É preciso ou que sejam esmagados ou que esmaguem. Foi o que ocorreu após a perseguição movida em 303 pelo césar Galério, nos dois últimos anos do império de Diocleciano. Os cristãos, tendo sido favorecidos por Diocleciano durante dezoito anos, tinham-se tornado demasiado numerosos e ricos para serem exterminados: eles aderiram a Constâncio Cloro; combateram por Constantino, seu filho, e houve uma revolução completa no Império.

Pode-se comparar as pequenas coisas às grandes, quando é o mesmo espírito que as dirige. Uma revolução semelhante ocorreu na Holanda, na Escócia, na Suíça. Quando Fernando e Isabel expulsaram da Espanha os judeus, que ali se achavam estabelecidos não somente antes da casa reinante mas antes dos mouros e dos godos, e mesmo antes dos cartagineses, os judeus teriam feito uma revolução na Espanha se tivessem sido tão guerreiros quanto ricos e se tivessem conseguido entender-se com os árabes.

Em suma, nunca uma seita mudou o governo senão quando o desespero lhe forneceu armas. O próprio Maomé só triunfou depois de ser expulso de Meca e porque sua cabeça foi posta a prêmio.

Se quereis, pois, impedir que uma seita subverta um Estado, usai de tolerância; imitai a sábia conduta que se vê hoje na Alemanha, na Inglaterra, na Holanda. Em política não há outro partido a tomar com uma seita nova senão o de matar impiedosamente os chefes e os adeptos, homens, mulheres, crianças, sem excetuar um só, ou tolerá-los quando a seita é numerosa. O primeiro partido é o de um monstro; o segundo, o de um sábio.

Conciliai com o Estado todos os súditos do Estado pelo interesse deles; que o quacre e o turco considerem vantajoso viver sob as vossas leis. A religião é de Deus para o homem; a lei civil é de vós para os vossos povos.

V
Das profanações

Luís IX, rei da França, guindado por suas virtudes à categoria dos santos, promulgou inicialmente uma lei contra os blasfemadores. Condenava-os a um suplício novo: sua língua era perfurada com ferro em brasa. Era uma espécie de talião; o membro que havia pecado sofria a punição. Mas era muito difícil estabelecer o que é uma blasfêmia. Na cólera, ou na alegria, ou na simples conversação, escapam expressões que não são, a bem dizer, senão expletivas, como o *sela* e o *vah* dos hebreus; o *pol* e o *aedepol* dos latinos; e como o *per deos immortales*, que era usado para qualquer propósito, sem que se fizesse realmente um juramento pelos deuses imortais.

Essas palavras, que se chamam *pragas, blasfêmias*, são comumente termos vagos que se interpretam arbitrariamente. A lei que as pune parece tirada da dos judeus, que diz: "Não pronunciarás em vão o nome de Deus."[7] Os mais hábeis intérpretes acreditam que essa lei proíbe o perjúrio e tanto têm razão que a palavra *shavé*, que se traduziu por *em vão*, significa propriamente o perjúrio. Ora, que relação o perjúrio pode ter com essas palavras que se abrandam com *cadédis, sangbleu, ventrebleu, corbleu*?[*8]

....

7. *Êxodo*, XX, 7.
8. Lê-se na edição original: "Ora, que relação o perjúrio pode ter com as palavras *cabo de dios, cadédis, sangbleu, ventrebleu, corpo di diò*" O texto atual é de 1767.

* Blasfêmias em uso no século XVII: *cadédis*, contração de "cabeça de Deus"; *sangbleu*, "sangue de Deus"; *ventrebleu*, "ventre de Deus"; *corbleu*, "coração de Deus", "corpo de Deus"; *têtebleu*, "cabeça de Deus". [N. do R.]

Os judeus juravam pela vida de Deus: *Vivit Dominus*. Era uma fórmula comum. Portanto só era proibido mentir em nome de Deus, que se tomava por testemunha.

Em 1181 Filipe Augusto condenara os nobres do seu domínio que pronunciassem *têtebleu, centrebleu, corbleu, sangbleu* a pagar uma multa, e os plebeus a serem afogados. A primeira parte dessa ordenação pareceu pueril; a segunda era abominável. Era ultrajar a natureza afogar cidadãos pelo mesmo delito que os nobres expiavam com dois ou três soldos daquele tempo. Por isso essa estranha lei ficou sem execução, como tantas outras, principalmente quando o rei foi excomungado e o seu reino sofreu o interdito do papa Celestino III.

São Luís, tomado de zelo, ordenou indiferentemente que se perfurasse a língua ou se cortasse o lábio superior de quem quer que pronunciasse esses termos indecentes. Isso custou a língua a um rico burguês de Paris, que se queixou ao papa Inocêncio IV. Esse pontífice fez ver ao rei que a pena era demasiado severa para o delito. O rei absteve-se desde então dessa severidade. Teria sido uma felicidade para a sociedade humana se os papas jamais tivessem ostentado outra superioridade sobre os reis.

A ordenação de Luís XIV, do ano de 1666, estatui:

"Aqueles que estiverem convencidos de ter praguejado e blasfemado usando o santo nome de Deus, de sua santíssima mãe ou de seus santos serão condenados: pela primeira vez, a uma multa; pela segunda, terceira e quarta vezes, a uma multa dupla, tripla e quádrupla; pela quinta vez, à golilha; pela sexta vez, ao pelourinho, e terão o lábio superior cortado; e na sétima vez terão a língua cortada bem rente."

Essa lei parece sábia e humana; não inflige uma pena cruel senão depois de seis reincidências improváveis.

Mas para as profanações maiores que se chamam *sacrilégios*, as nossas compilações de jurisprudência criminal, cujas decisões não devem ser tomadas por leis, falam apenas do roubo cometido nas igrejas, e nenhuma lei positiva pronuncia sequer a pena do fogo: elas não se explicam sobre as impiedades públicas, seja porque não previram tais demências, seja porque teria sido muito difícil especificá-las. Fica, pois, reservada à prudência dos juízes a punição desse delito. Mas a justiça nada deve ter de arbitrário.

Num caso tão raro como esse, que devem fazer os juízes? Consultar a idade dos delinqüentes, a natureza do seu delito, o grau da sua maldade, do seu escândalo, da sua obstinação, a necessidade que o público pode ter ou não ter de uma punição terrível. "Pro qualitate personae, proque rei conditione et temporis et aetatis et sexus, vel severius vel clementius[9] statuendum."* Se a lei não ordena expressamente a morte por esse delito, que juiz se considerará obrigado a pronunciá-la? Se é necessária uma pena e a lei se cala, o juiz deve, sem dificuldade, pronunciar a pena mais branda, porque é homem.

As profanações sacrílegas são sempre cometidas por jovens depravados: acaso os punireis tão severamente quanto se tivessem matado os seus irmãos? Sua idade pleiteia em seu favor: eles não podem dispor dos seus bens, porque não se supõe que tenham suficiente matu-

....
9. Título XIII. *Ad legem Juliam.* (*Nota de Voltaire.*)

* As penas devem ser estatuídas com maior ou menor severidade, dependendo da classe da pessoa e das condições das coisas, do tempo, da cidade e do sexo. [N. do R.]

ridade no espírito para ver as conseqüências de um mau negócio; não a tiveram, pois, o bastante para ver a conseqüência de sua ímpia exaltação.

Tratareis um jovem dissoluto[10] que, na sua cegueira, tenha profanado uma imagem sagrada, sem roubá-la, como tratastes a Brinvilliers, que envenenou seu pai e sua família? Não existe lei expressa contra esse infeliz; e faríeis uma para entregá-lo ao maior suplício! Ele merece um castigo exemplar; mas merecerá tormentos que estarrecem a natureza e uma morte pavorosa?

Ele ofendeu a Deus; sim, sem dúvida, e muito gravemente. Fazei como o próprio Deus faria. Se ele fizer penitência, Deus lhe perdoará. Imponde-lhe uma penitência severa, e perdoai-lhe.

Vosso ilustre Montesquieu disse: "Cumpre venerar a Divindade, e não vingá-la."[11] Ponderemos essas palavras: elas não significam que se deva abandonar a manutenção da ordem pública; significam, como diz o judicioso autor de *Dos delitos e das penas*, que é absurdo um inseto acreditar que pode vingar o Ser supremo. Nem um juiz de aldeia, nem um juiz de cidade são Moisés e Josués.

VI
Indulgência dos romanos em relação a esses assuntos

De um extremo ao outro da Europa, o assunto da conversação das pessoas virtuosas e instruídas gira freqüentemente em torno dessa diferença prodigiosa entre

---
10. Ver p. 503, o *Relato da morte do cavaleiro de La Barre*.
11. De *O espírito das leis*, XII, 4.

as leis romanas e tantos costumes bárbaros que lhes sucederam, como as imundícies de uma cidade soberba que recobrem suas ruínas.

Certamente o senado romano tinha um respeito tão profundo quanto nós pelo Deus supremo, e tanto respeito pelos deuses imortais e secundários, dependentes de seu senhor eterno, quanto o que mostramos pelos nossos santos.

> Ab Jove principium [...]
> (Virgílio, *Écloga* III, 12)

era a fórmula ordinária[12]. Plínio, no panegírico do bom Trajano, começa por atestar que os romanos nunca deixavam de invocar a Deus ao encetar seus negócios ou seus discursos. Cícero e Tito Lívio o atestam. Nenhum povo foi mais religioso; mas também era muito sábio e muito grande para se rebaixar a ponto de punir discursos vãos ou opiniões filosóficas. Era incapaz de infligir suplícios bárbaros aos que duvidavam dos áugures, como Cícero, ele próprio áugure, duvidava[13]; nem aos que diziam em pleno senado, como César, que os deuses não castigam os homens depois da morte.

Cem vezes se observou que o senado permitia que no teatro de Roma o coro cantasse em *As Tróades*:

---

12. "Bene ac sapienter, patres conscripti, majores instituerunt, ut rerum agendarum, ita dicendi initium a precationibus capere etc." Plínio, o Moço, *Panegírico de Trajano*, Cap. I. (*Nota de Voltaire.*) [Os senadores ancestrais instituíram, bem e sabiamente, que se começasse a tratar das coisas que deviam ser encaminhadas com uma súplica. (N. do R.)]

13. Ver artigo THÉOLOGIE, 1, *Dictionnaire Philosophique*, IV, *in* Voltaire, *Oeuvres complètes, op. cit.*, tomo XX, nota 1, p. 515.

"Nada existe após a morte, e a morte nada é. Perguntas em que lugar estão os mortos? No mesmo lugar onde estavam antes de nascer."[14]

Se alguma vez houve profanações, sem dúvida esta é uma delas; e desde Ênio até Ausônio tudo é profanação, malgrado o respeito pelo culto. Por que, pois, o senado romano não as reprimia? É que elas não influenciavam em nada o governo do Estado; é que não conturbaram nenhuma instituição, nenhuma cerimônia religiosa. Nem por isso os romanos deixaram de ter uma excelente organização social, nem deixaram de ser os senhores absolutos da mais bela parte do mundo até Teodósio II.

A máxima do senado, como se disse em outro lugar[15], era: "DEORUM OFFENSAE DIIS CURAE. – As ofensas contra os deuses só aos deuses interessam." Como os senadores estavam à testa da religião, em virtude da mais sábia instituição, não precisavam temer que um colégio de sacerdotes os forçasse a servir sua vingança, a pretexto de vingar o céu. Não diziam: "Dilaceremos os ímpios, por medo de passarmos nós próprios por ímpios; provemos aos sacerdotes que somos tão religiosos quanto eles mostrando-nos cruéis."

Nossa religião é mais santa que a dos antigos romanos. A impiedade, entre nós, é um crime maior do que entre eles. Deus a punirá; compete aos homens punir o

---

14. Post mortem nihil est, ipsaque mors nihil.

Quaeris quo jaccas post obitum loco?
Quo non nata jacent.
(Sêneca, tragédia *As Tróades*, coro final do segundo ato.)

15. *Tratado sobre a tolerância*, Cap. VIII, Voltaire, clássicos, Martins Fontes, São Paulo, 1993.

que há de criminoso na desordem pública que essa impiedade causou. Ora, se numa impiedade não se roubou um lenço, se ninguém recebeu o menor ferimento, se os ritos religiosos não foram perturbados, puniremos (cumpre dizê-lo mais uma vez) essa impiedade como um parricídio? A marechala de Ancre mandou matar um galo branco na lua cheia; por causa disso era preciso queimar a marechala de Ancre?

> Es modus in rebus, sunt certi denique fines.
> (Horácio, Livro I, Sátira I, 108)
> Ne scutica dignum horribili sectere flagello.*
> (Horácio, Livro I, Sátira III, 119)

VII

Do crime da pregação, e de Antoine[16]

Um pregador calvinista que vem pregar secretamente às suas ovelhas em certas províncias será punido com a morte se for descoberto[17], e os que lhe dão cama e comida serão enviados às galés perpétuas.

Em outros países, um jesuíta que vem pregar é enforcado. Foi a Deus que se quis vingar mandando enforcar esse pregador e esse jesuíta? Será que ambos os lados se apoiaram nesta lei do Evangelho[18]: "Aquele que

....
* Há uma medida nas coisas, há, em definitivo, limites precisos. Para que o açoite não inflija ao homem digno uma punição horrível. [N. do R.]
16. Ver também tomo XVIII, p. 265, e XX, 91.
17. Edito de 1724 e editos anteriores. (*Nota de Voltaire.*)
18. Mateus XVIII, 17.

não escutar a assembléia será tratado como um pagão ou como um recebedor dos denários públicos"? Mas o Evangelho não ordenou que se matasse esse pagão e esse recebedor.

Será que se basearam nestas palavras do *Deuteronômio*[19]: "Se um profeta se levantar [...] e se o que predisse acontecer [...] e ele te disser: Sigamos deuses estrangeiros; [...] e se teu irmão ou teu filho, ou a mulher do teu amor, ou o amigo do teu coração te disser: Vamos, e sirvamos a deuses estrangeiros, [...] mata-o logo; golpeia-o primeiro, e depois de ti todo o povo"? Mas nem esse jesuíta nem esse calvinista vos disseram: "Vamos, sigamos deuses estrangeiros."

O conselheiro Dubourg, o cônego Jehan Chauvin, dito Calvino, o médico espanhol Servet e o calabrês Gentilis serviam ao mesmo Deus. No entanto o presidente Minard mandou enforcar o conselheiro Dubourg; e os amigos de Dubourg mandaram assassinar Minard; e Jehan Calvino mandou queimar o médico Servet a fogo lento e teve o consolo de muito contribuir para que se cortasse a cabeça do calabrês Gentilis; e os sucessores de Jehan Calvino mandaram queimar Antoine. Foram a razão, a piedade e a justiça que cometeram todos esses crimes?

A história de Antoine é uma das mais singulares dentre aquelas cuja lembrança se conservou nos anais da demência. Eis o que li a esse respeito num manuscrito muito curioso e que foi escrito em parte por Jacob Spon. Antoine nascera em Brieu[20], na Lorena, de pai e mãe ca-

---

19. Cap. XIII. (*Nota de Voltaire.*)
20. É Briey, e não Brieu.

tólicos, e estudara com os jesuítas em Pont-à-Mousson. O *pregador* Ferry[21] aliciou-o para a religião protestante em Metz. De volta a Nancy, foi acusado de herético e, se um amigo não o tivesse salvado, iria perecer pela corda. Refugiado em Sedan, suspeitaram que era papista e quiseram assassiná-lo.

Vendo que, por uma estranha fatalidade, sua vida não estava em segurança nem entre os protestantes nem entre os católicos, foi para Veneza e se fez judeu. Persuadiu-se muito sinceramente, e sustentou-o até o último momento da vida, de que a religião judaica era a única verdadeira e de que, como o havia sido outrora, haveria de sê-lo sempre. Os judeus não o circuncidaram, por medo de ter problemas com o magistrado; mas nem por isso ele foi menos judeu interiormente. Não fez profissão aberta: e até mesmo, tendo ido a Genebra na qualidade de pregador, foi ali o primeiro diretor do colégio e por fim tornou-se o que se chama de ministro.

O combate perpétuo que se travava no seu coração entre a seita de Calvino, que ele era obrigado a pregar, e a religião mosaica, a única em que acreditava, deixou-o doente por longo tempo. Foi acometido de melancolia e de uma doença cruel; atormentado por suas dores, gritou que era judeu. Alguns ministros vieram visitá-lo e tentaram fazê-lo cair em si; ele respondeu-lhes que só adorava o Deus de Israel, que era impossível que Deus mudasse, que Deus não podia ter dado pessoalmente e gravado com sua própria mão uma lei para depois aboli-la. Invectivou contra o cristianismo; em seguida se retratou;

....

21. Paul Ferry, ministro da religião protestante, nascido em 1591, falecido em 1669.

escreveu uma profissão de fé para escapar à condenação; mas, depois de havê-la escrito, a infeliz convicção em que estava não lhe permitiu assiná-la. O conselho da cidade reuniu os pregadores para saber o que se devia fazer com aquele infeliz. Uma minoria daqueles padres opinou que se devia ter piedade dele, que era preferível tentar curar a sua doença do cérebro a puni-la. A maioria decidiu que ele merecia ser queimado, o que efetivamente se fez. Essa aventura é de 1632[22]. São necessários cem anos de razão e de virtude para expiar semelhante julgamento[23].

VIII

História de Simon Morin

O fim trágico de Simon Morin não espanta menos que o de Antoine. Foi em meio aos festejos de uma corte brilhante, entre os amores e os prazeres, foi mesmo na época da maior devassidão que esse infeliz foi queimado em Paris, em 1663. Era um insensato que acreditava ter visões e que levou a loucura a ponto de considerar-se enviado de Deus e a se declarar incorporado a Jesus Cristo.

O parlamento condenou-o muito sabiamente a ser encerrado no manicômio. O que é extremamente singular é que havia no mesmo hospício um outro louco que se dizia o Pai eterno, e cuja demência chegou a tornar-se

---

22. Jacob Spon, p. 500; e Gui Vances. (*Nota de Voltaire*.)
23. Nicolas Antoine foi condenado e executado em 20 de abril de 1632. Ele tem um artigo no *Dictionnaire* de Chaufepié, que o chama de Anthoine.

proverbial. Simon Morin ficou tão impressionado com a loucura de seu companheiro que reconheceu a sua. Pareceu ter recobrado durante algum tempo o bom senso; expôs o seu arrependimento aos magistrados e, infelizmente para ele, obteve a sua soltura.

Algum tempo depois recaiu nos seus acessos; dogmatizou. Seu mau destino quis que ele travasse conhecimento com Saint-Sorlin Desmarets, que foi seu amigo durante vários meses, mas não tardou, por ciúme de ofício, a se tornar seu mais cruel perseguidor.

Esse Desmarets[24] não era menos visionário do que Morin: suas primeiras inépcias foram, na verdade, inocentes: eram as tragicomédias *Érigone* e *Mirame*, impressas com uma tradução dos salmos; eram o romance *Ariane* e o poema *Clovis* ao lado do ofício da Virgem posto em versos; eram poesias ditirâmbicas enriquecidas por invectivas contra Homero e Virgílio. Dessa espécie de loucura passou ele a outra, mais séria; viram-no encarniçar-se contra Port-Royal; e, depois de haver confessado que havia aliciado mulheres para o ateísmo, erigiu-se em profeta. Pretendeu que Deus lhe tinha dado, com sua própria mão, a chave do tesouro do *Apocalipse*; que com essa chave reformaria todo o gênero humano, e que ele ia comandar um exército de cento e quarenta mil homens contra os jansenistas.

Nada teria sido mais razoável e mais justo do que colocá-lo na mesma cela que Simon Morin; mas pode-se imaginar que ele encontrou muito crédito junto ao jesuíta Annat[25], confessor do rei? Pois ele o persuadiu de que

---

24. Nascido em 1596, falecido em 1676.
25. Nascido em 1607, falecido em 1670.

esse pobre Simon Morin estava criando uma seita quase tão perigosa quanto o próprio jansenismo. Enfim, tendo levado a infâmia a ponto de tornar-se delator, obteve do lugar-tenente criminal uma sentença de prisão contra seu infortunado rival. E, ousaremos dizê-lo?, Simon Morin foi condenado a ser queimado vivo.

Quando iam conduzi-lo ao suplício, encontraram em uma de suas meias um papel no qual pedia perdão a Deus por todos os seus erros: isso devia salvá-lo; mas a sentença estava confirmada, e ele foi executado sem misericórdia.

Semelhantes aventuras fazem eriçar os cabelos. E em que país não se viram acontecimentos tão deploráveis? Os homens esquecem em toda parte que são irmãos e se perseguem até à morte. É preciso persuadir-nos, para consolo do gênero humano, de que esses tempos horríveis nunca mais voltarão.

IX

Dos feiticeiros

Em 1749[26], na diocese de Vurtzburg, queimou-se uma mulher convencida de ser feiticeira. É um grande fenômeno neste século em que estamos. Mas será possível que povos que se jactavam de ser reformados e de desprezar as superstições, que pensavam, enfim, ter aperfei-

---

26. Voltaire, em outro passo, diz 1750; ver artigos ARRÊTS NOTABLES e BEKKER, *Dictionnaire Philosophique*, I, *in* Voltaire, *Oeuvres complètes*, Garnier, Paris, 1878, tomo XVII, pp. 388 e 562; e em *Prix de la justice et de l'humanité*, o artigo IX, que trata também *Des sorcièrs*.

çoado a sua razão, tenham não obstante acreditado nos sortilégios, tenham mandado queimar pobres mulheres acusadas de feiticeiras, e isso mais de cem anos após a pretensa reforma de sua razão?

No ano de 1652, uma camponesa do pequeno território de Genebra, chamada Michelle Chaudron[27], deparou com o diabo ao sair da cidade. O diabo deu-lhe um beijo, recebeu sua homenagem e imprimiu no seu lábio superior e na sua mama direita a marca que ele costuma aplicar a todas as pessoas a quem reconhece como suas favoritas. Esse sinete do diabo é uma pequena assinatura que torna a pele insensível, como afirmam todos os jurisconsultos demonógrafos desse tempo.

O diabo ordenou a Michelle Chaudron que enfeitiçasse duas moças. Ela obedeceu ao seu senhor prontamente. Os pais das moças acusaram-na juridicamente de bruxaria. As moças foram interrogadas e confrontadas com a culpada: elas atestaram que sentiam continuamente um formigueiro em certas partes do corpo e que estavam possessas. Chamaram-se os médicos, ou pelo menos os que passavam então por médicos. Eles visitaram as jovens, procuraram no corpo de Michelle o sinete do diabo, que o auto chama de *marcas satânicas*. Enfiaram ali uma grande agulha, o que já era uma tortura dolorosa. Saiu sangue, e Michelle deu a conhecer, por seus gritos, que as marcas satânicas não tornam a pessoa insensível. Os juízes, não vendo nenhuma prova de que Michelle Chaudron era feiticeira, mandaram torturá-la, o que produziu infalivelmente essas provas: a infeliz, cedendo

....
27. Ver também artigo BEKKER, *Dictionnaire Philosophique*, I, *in* Voltaire, *Oeuvres complètes, op. cit.*, tomo XVII, p. 561.

à violência dos tormentos, confessou enfim tudo o que se queria.

Os médicos procuraram de novo a marca satânica. Encontraram-na numa pequena assinatura negra em uma das coxas. Enfiaram ali a agulha. Os tormentos da tortura tinham sido tão horríveis que aquela pobre criatura moribunda mal sentiu a agulha: não gritou; assim o crime ficou comprovado. Mas, como os costumes começavam a se abrandar, ela só foi queimada depois de ter sido enforcada e estrangulada.

Todos os tribunais da Europa cristã ressoavam então com semelhantes sentenças. As fogueiras eram acesas em toda parte tanto para os feiticeiros como para os heréticos. O que mais se reprovava nos turcos era o não terem entre eles nem feiticeiros nem possessos. Considerava-se essa privação de possessos como uma marca infalível da falsidade de uma religião.

Um homem zeloso do bem público[28], da humanidade e da verdadeira religião divulgou, num dos seus escritos em favor da inocência, que os tribunais cristãos condenaram à morte mais de cem mil pretensos feiticeiros. Se juntarmos a esses massacres jurídicos o número infinitamente maior de heréticos imolados, esta parte do mundo parecerá um vasto cadafalso coberto de carrascos e de vítimas, cercado de juízes, de esbirros e de espectadores.

---

28. O próprio Voltaire; ver *Avis au Public sur les parricides imputés aux Calas et aux Sirven* (exemples du fanatisme en général), Mélanges, IV, *in* Voltaire, *Oeuvres complètes*, Garnier, Paris, 1879.

X
Da pena de morte

Afirmou-se, já lá vai um bom tempo[29], que um homem enforcado não serve para nada e que os suplícios inventados para o bem da sociedade devem ser úteis a essa sociedade. É evidente que vinte ladrões vigorosos, condenados a trabalhar nas obras públicas durante toda a vida, servem ao Estado pelo seu suplício e que sua morte só faz bem ao carrasco, que é pago para matar em público. Raramente os ladrões são punidos com a morte na Inglaterra; são transportados para as colônias. O mesmo sucede nos vastos Estados da Rússia: não se executou nenhum criminoso[30] sob o império da autocrata Isabel. Catarina II, que lhe sucedeu, com um gênio muito superior, seguiu a mesma máxima. Os crimes não se multiplicaram por essa humanidade, e quase sempre acontece que os culpados mandados para a Sibéria tornam-se pessoas de bem. Observa-se a mesma coisa nas colônias inglesas. Essa mudança feliz nos causa espanto, mas nada é mais natural. Esses condenados são forçados a um trabalho contínuo para viver. Faltam-lhes as ocasiões do vício: eles se casam, povoam. Forçai os homens ao trabalho e os tornareis homens de bem. Sabe-se que não é no campo que se cometem os grandes crimes, salvo talvez quando há um excesso de festas, que forçam o homem à ociosidade e o impelem para a devassidão.

....

29. Em 1764; ver o artigo LOIS CRIMINELLES, *Dictionnaire Philosophique*, III, *in* Voltaire, *Oeuvres complètes, op. cit.*, tomo XIX, p. 626 e *La Méprise d'Arras*, Mélanges, VIII, *in* Voltaire, *Oeuvres complètes, op. cit.*

30. Em sua nota sobre o artigo III de *O preço da justiça e da humanidade*, os editores de Kehl dizem: *um pequeno número.* (B.)

Não se condenava um cidadão romano a morrer senão por crimes que ameaçassem a segurança do Estado. Nossos mestres, nossos primeiros legisladores, respeitaram o sangue de seus compatriotas; nós prodigalizamos o dos nossos.

Por muito tempo se agitou essa questão delicada e funesta, a saber, se é permitido aos juízes punir com a morte quando a lei não pronuncia expressamente o derradeiro suplício. Essa dificuldade foi solenemente debatida perante o imperador Henrique VI[31]. Ele julgou[32] e decidiu que nenhum juiz pode ter semelhante direito.

Há questões criminais tão imprevistas, ou tão complicadas, ou acompanhadas de circunstâncias tão bizarras que em mais de um país a própria lei foi forçada a confiar esses casos singulares à prudência dos juízes[33].

....

31. Algumas edições trazem Henrique V, outras Henrique VII, outras enfim Henrique VIII. Não houve nenhum Henrique VIII imperador. O texto de Bodin, referido por Brière numa nota da tradução anônima que esse editor publicou em 1822, diz que a questão foi discutida pelos jurisconsultos Azon e Lothaire. Ora, como observa Brière, Azon, tendo morrido em 1200, numa idade pouco avançada, não podia ser contemporâneo nem de Henrique V, falecido em 1125, nem de Henrique VII, que só nasceu em 1262. Henrique VI reinou, como se sabe, de 1190 a 1197 (ver *Essai sur les Moeurs*, III, *in* Voltaire, Annales de l'Empire, Henri VI, *Oeuvres complètes*, Garnier, Paris, 1878, tomo XIII, p. 333.).

32. Bodin, *De Republica*, Livro III, Cap. V. (*Nota de Voltaire.*)

33. Sempre haverá muito menos inconveniente em deixar um crime impune do que em condenar a uma pena capital sem a isso estar autorizado por uma lei expressa. Tira-se à punição o único caráter que pode torná-la legítima, o de ser infligida para o crime, e não aplicada contra um culpado em particular. Uma lei que permite a um juiz punir com a morte assegura-lhe a impunidade se ele usa essa permissão, mas não o desculpa do crime de assassínio. Como, aliás, imaginar que um crime grave seja tão nocivo à sociedade que a existência do culpado seja perigosa, e que no entanto esse crime possa escapar a um legislador atento, que seja difícil prevê-lo ou bem determiná-lo?

Mas ainda que se encontre uma causa na qual a lei permite matar um acusado que ela não condenou, encontrar-se-ão mil causas nas quais a humanidade, mais forte que a lei, deve poupar a vida daqueles que a própria lei condenou à morte.

A espada da justiça está nas nossas mãos; mas na maioria das vezes devemos antes embotá-la do que torná-la mais afiada. Trazemo-la na bainha perante os reis: é para nos advertir que se deve sacá-la raramente.

Conheceram-se juízes que adoravam ver correr o sangue; tal era Jeffreys, na Inglaterra; tal era, na França, um homem a quem se deu o cognome de *corta-cabeça*[34]. Tais homens não nasceram para a magistratura; a natureza os fez carrascos.

XI

Da execução das sentenças

Será preciso ir ao extremo da terra, será preciso recorrer às leis da China para ver como o sangue dos homens deve ser poupado? Há mais de quatro mil anos que os tribunais desse império existem, e há mais de quatro mil anos também que não se executa um aldeão nos confins do império sem enviar o respectivo processo ao imperador, que o faz examinar três vezes por um dos

---

34. O Sr. de Machault foi cognominado *corta-cabeça* por causa da severidade que mostrara no exercício de sua magistratura (ver o *Menagiana*, III, 178, edição de 1715). Era pai do Sr. Machault d'Arnouville, intendente do Hainaut, depois controlador geral das finanças e em seguida ministro da Marinha; destituído em 1757. (B.)

seus tribunais, após o que ele assina a sentença de morte, ou a mudança de pena, ou o perdão completo[35].

Não procuremos exemplos tão longe. A Europa está cheia deles. Nenhum criminoso na Inglaterra é executado sem que o rei tenha assinado a sentença; é assim na Alemanha e em quase todo o Norte. Tal era outrora o uso na França, tal deve ser ele em todas as nações civilizadas. A intriga, o preconceito, a ignorância podem ditar sentenças longe do trono. Essas pequenas intrigas, ignoradas no tribunal, não podem impressioná-lo: os grandes projetos o cercam. O conselho supremo está mais acostumado aos negócios e encontra-se acima do preconceito; o hábito de ver tudo em ponto grande tornou-o menos ignorante e mais sábio; ele vê melhor do que uma subalterna justiça de província se o corpo do Estado tem necessidade ou não de exemplos severos. Enfim, quando a justiça inferior julgou segundo a letra da lei, que pode ser rigorosa, o conselho mitiga a sentença segundo o espírito de toda lei, que é o de imolar os homens somente em caso de necessidade evidente.

....

35. O autor de *O espírito das leis*, que semeou tantas e tão belas verdades em sua obra, enganou-se cruelmente quando, para sustentar o seu princípio de que o sentimento vago da honra é o fundamento das monarquias e de que a virtude é o fundamento das repúblicas, diz dos chineses [VIII, 21]: "Ignoro o que é essa honra entre povos a quem nada se faz fazer senão a bastonadas." Certamente, do fato de se afastar a populaça com o pantsé e do fato de se dar golpes de pantsé nos mendigos insolentes e velhacos não se segue que a China não seja governada por tribunais que velam uns pelos outros e que não seja esta uma excelente forma de governo. (*Nota de Voltaire.*)

XII

Da tortura

Todos os homens que estão expostos aos atentados da violência ou da perfídia detestam os crimes de que podem ser vítimas. Todos querem a punição dos principais culpados e de seus cúmplices; e todos, no entanto, por uma piedade que Deus lhes colocou nos corações, se erguem contra as torturas que se aplicam aos acusados cuja confissão se quer arrancar. A lei ainda não os condenou, mas lhes é infligido, na incerteza em que se está quanto ao seu crime, um suplício muito mais terrível do que a morte que lhes é dada quando se tem certeza de que a merecem. Como! Ainda ignoro se és culpado, e será preciso que te atormente para me esclarecer; e se és inocente não expiarei em relação a ti essas mil mortes que te fiz sofrer, em vez de uma única que eu te preparava! Cada um de nós estremece ante essa idéia. Não direi aqui que Santo Agostinho se ergue contra a tortura na sua *Cidade de Deus*. Não direi que em Roma ela só era aplicada aos escravos e que no entanto Quintiliano, lembrando que os escravos são homens, reprova essa barbárie.

Ainda que houvesse uma única nação na Terra que tivesse abolido o uso da tortura, se não existem mais crimes nessa nação do que em outra, se aliás ela está mais esclarecida, mais florescente desde essa abolição, seu exemplo bastaria para o resto do mundo. Que a Inglaterra instrua sozinha os outros povos; mas ela não é a única: a tortura está proscrita em outros reinos, e com sucesso. Tudo, pois, está decidido. Povos que se gabam de ser civilizados não se gabarão de ser humanos? Obstinar-se-ão numa prática desumana, com o mero pretexto de que ela é usual? Reservai pelo menos essa crueldade aos celerados reconhecidos que tiverem assassinado um pai de família ou o pai da pátria[36]; procurai os seus cúmplices; mas que uma pessoa jovem que tenha cometido alguns delitos que não deixam nenhum traço atrás de si sofra a mesma tortura que um parricida, não é isso uma barbárie inútil? Envergonho-me de ter falado sobre esse assunto depois do que ele disse sobre o autor de *Dos delitos e das penas*. Devo limitar-me a desejar que se releia com freqüência a obra desse amigo da humanidade.

XIII

De alguns tribunais de sangue

Acreditar-se-á que tenha havido outrora um tribunal supremo mais horrível do que a Inquisição, e que esse tribunal tenha sido estabelecido por Carlos Magno? Era o julgamento de Vestfália, também chamado de *corte veímica*[37]. A severidade, ou antes, a crueldade desse tribunal chegava ao ponto de punir com a pena de morte qualquer saxão que quebrasse o jejum na quaresma. A mesma lei foi estabelecida em Flandres e no Franco-Condado no começo do século XVII.

....

36. Essa ressalva é uma grande concessão; mas antes de reprová-la em Voltaire é preciso reportar-se ao tempo em que ele escrevia e que não era aquele que, graças a ele e em muitos pontos, veio a ser o nosso. Fazia apenas nove anos que Damiens dera uma canivetada em Luís XV. (B.)

37. Ver *Essai sur les Moeurs*, I, *in* Voltaire, Cap. XV, "De Charlemagne, son ambition, sa politique", *Oeuvres complètes, op. cit.*, tomo XI, p. 261; e *Essai sur les Moeurs*, III, *in* Voltaire, "Annales de l'Empire, Charlemagne, Albert II d'Autriche", *Oeuvres complètes, op. cit.*, tomo XIII, pp. 234, 445.

Os arquivos de um pequeno recanto da região chamada Saint-Claude, situado nos mais terríveis rochedos do condado da Borgonha, conservam a sentença[38] e o auto de execução de um pobre fidalgo, chamado Claude Guillon, cuja cabeça foi cortada no dia 28 de julho de 1629. Ele estava reduzido à miséria e, premido por uma fome devoradora, comeu, num dia de abstinência de carne, um pedaço de um cavalo que ele matara num prado vizinho. Esse o seu crime. Foi condenado como sacrílego. Se fosse rico, e se tivesse se regalado com duzentos escudos de peixe fresco, deixando morrer de fome os pobres, teria sido visto como um homem cumpridor dos seus deveres.

Eis o texto da sentença do juiz:

"Nós, depois de examinarmos todos os autos do processo e ouvido o parecer dos doutores em direito, declaramos que o dito Claude Guillon, devidamente acusado e ciente de ter-se apossado da carne de um cavalo morto no prado dessa cidade, de ter mandado assar a dita carne no dia 31 de março, dia de sábado, e de havê-la comido etc."

Que doutores esses doutores em direito que deram o seu parecer! Foi entre os topinambus e entre os hotentotes que ocorreram essas aventuras? A corte veímica era muito mais terrível: ela designava secretamente comissários que iam, sem ser conhecidos, em todas as cidades da Alemanha, colhiam informações sem denunciá-las aos acusados, julgavam-nos sem os ouvir; e muitas vezes, quando não havia um carrasco, o mais jovem dos juízes

....

38. Ver *Discours des Sorciers et Requête a tous les Magistrats du Royaume*, primeira parte, Du Carême, Mélanges, VII, *in* Voltaire, *Oeuvres complètes*, Garnier, Paris, 1879.

fazia as suas vezes e enforcava ele próprio[39] o condenado. Era necessário, para se subtrair aos assassinatos dessa câmara, obter cartas de isenção, salvaguardas dos imperadores; e mesmo assim elas foram freqüentemente inúteis. Esse tribunal de assassinos só foi totalmente dissolvido por Maximiliano I; deveria tê-lo sido no sangue dos juízes; o Tribunal dos Dez de Veneza era, em comparação, um instituto de misericórdia.

Que pensar desses horrores e de tantos outros? Será suficiente deplorar a natureza humana? Houve casos em que foi preciso vingá-la.

XIV

Da diferença entre as leis políticas e as leis naturais

Chamo de *leis naturais* aquelas que a natureza indica em todos os tempos, a todos os homens, para a manutenção dessa justiça que a natureza, não importa o que se diga a tal respeito, gravou nos nossos corações. Em toda parte o roubo, a violência, o homicídio, a ingratidão para com os pais benfeitores, o perjúrio cometido para prejudicar e não para socorrer um inocente, a conspiração contra a pátria são delitos evidentes, reprimidos com maior ou menor severidade, mas sempre justamente.

Chamo de *leis políticas* as leis feitas segundo a necessidade presente, seja para afirmar o poder, seja para evitar infortúnios.

....

39. Ver o excelente *Resumo cronológico da história da Alemanha e do direito público*, do ano 803. (*Nota de Voltaire.*) – O autor do *Resumo cronológico da história da Alemanha* é Chr.-Fr. Pfeffel, nascido em Colmar em 1726, falecido em 1807.

Teme-se que o inimigo receba notícias de uma cidade: fecham-se as portas, proíbe-se a evasão pelas muralhas, sob pena de morte.

Receia-se uma seita nova, que, ostentando em público sua obediência aos soberanos, intriga em segredo para se subtrair a essa obediência; que prega que todos os homens são iguais, para submetê-los igualmente aos seus novos ritos; que, enfim, sob pretexto de que é melhor obedecer a Deus do que aos homens[40] e de que a seita dominante está eivada de superstições e cerimônias ridículas, quer destruir o que é consagrado pelo Estado; estatui-se a pena de morte contra os que, dogmatizando publicamente em favor dessa seita, podem levar o povo à revolta.

Dois ambiciosos disputam o trono, o mais forte o arrebata: decreta a pena de morte contra os partidários do mais fraco. Os juízes tornam-se instrumentos da vingança do novo soberano e sustentáculos da sua autoridade. Quem quer que estivesse em relação, sob Hugo Capeto, com Carlos da Lorena, corria o risco de ser condenado à morte se não fosse poderoso.

Quando Ricardo III, assassino de seus dois sobrinhos, foi reconhecido rei da Inglaterra, o grande júri fez esquartejar o cavaleiro Guilherme Colingbourne[41], culpado de ter escrito a um amigo do conde de Richemond, que estava reunindo tropas e que reinou depois sob o nome de Henrique VII; encontraram-se duas linhas escritas por ele que eram de um ridículo grosseiro: elas bastaram para fazer perecer esse cavaleiro por um suplício terrí-

---

40. Atos dos Apóstolos V, 29.
41. Em 1483.

vel. As histórias estão cheias de semelhantes exemplos de justiça.

O direito de represália é ainda uma dessas leis consagradas das nações. Vosso inimigo mandou enforcar um dos vossos bravos capitães que resistiu durante algum tempo num pequeno castelo arruinado contra um exército inteiro; um dos seus capitães cai nas vossas mãos; é um homem virtuoso, a quem estimais e amais: mandais enforcá-lo por represália. É a lei, dizeis; ou seja, se o vosso inimigo se maculou com um crime enorme, é preciso que vós também cometais um outro!

Todas essas leis de uma política sanguinária duram apenas algum tempo, e vê-se bem que não são verdadeiras leis, porque passageiras. Assemelham-se à necessidade em que às vezes nos encontramos, numa fome extrema, de comer homens: deixamos de comê-los tão logo tenhamos pão.

XV

Do crime de alta traição, de Titus Oates e da morte de Auguste de Thou

Chama-se *alta traição* um atentado contra a pátria ou contra o soberano que a representa. Ele é visto como um parricídio: por isso não se deve estendê-lo aos delitos que não se aproximam do parricídio, porque, se tratais de alta traição um roubo numa casa do Estado, uma concussão ou mesmo palavras sediciosas, diminuís o horror que o crime de alta traição ou de lesa-majestade deve inspirar.

Não pode haver nada de arbitrário na idéia que se forma dos grandes crimes. Se colocais um roubo feito a um pai pelo filho, uma imprecação de um filho contra o pai na categoria dos parricídios, rompeis os vínculos do amor filial. O filho passará a olhar o pai como um senhor terrível. Tudo o que é exagerado nas leis tende à destruição das leis.

Nos crimes comuns, a lei da Inglaterra é favorável ao acusado; mas no de alta traição ela lhe é contrária. O ex-jesuíta Titus Oates, tendo sido juridicamente interrogado na Câmara dos Comuns e havendo assegurado por juramento que nada mais tinha a dizer, acusou entretanto, em seguida, o secretário do duque de York, mais tarde Jaime II, e várias outras pessoas, de alta traição, e sua delação foi acolhida: primeiro ele jurou perante o conselho do rei que não tinha visto esse secretário; em seguida jurou que o tinha visto. Apesar dessas ilegalidades e dessas contradições, o secretário foi executado.

Esse mesmo Oates e outra testemunha depuseram que cinqüenta jesuítas tinham tramado assassinar o rei Carlos II e que tinham visto recados do padre Oliva, superior dos jesuítas, para os oficiais que deviam comandar um exército de rebeldes. Essas duas testemunhas bastaram para fazer arrancar o coração a vários acusados e com ele bater-lhes no rosto*[42]. Mas, em boa-fé, bastam duas testemunhas para fazer perecer aqueles que eles querem eliminar? É necessário pelo menos que esses dois delatores não sejam velhacos notórios; é preciso ainda que eles não deponham coisas improváveis.

....

* Suplício usado na Inglaterra e que era seguido de enforcamento. [N. do R.]

42. Tendo sido reconhecida a falsidade das revelações de Oates, ele foi condenado à prisão perpétua e a ser fustigado quatro vezes por ano pelo carrasco. A revolução de 1688 restituiu-lhe a liberdade. (G. A.)

É bem evidente que, se os dois mais íntegros magistrados do reino acusassem um homem de haver conspirado com o mufti para circuncidar todo o conselho de Estado, o parlamento, a Câmara de Contas, o arcebispo e a Sorbonne, em vão esses dois magistrados jurariam que viram as cartas do mufti: preferir-se-ia acreditar antes que eles ficaram loucos a dar fé ao seu depoimento. Seria tão extravagante supor que o superior dos jesuítas reunisse um exército na Inglaterra quanto o seria acreditar que o mufti manda circuncidar a corte da França. No entanto, teve-se a infelicidade de acreditar em Titus Oates para que não houvesse nenhum tipo de loucura atroz que não tivesse entrado na cabeça dos homens[43].

As leis da Inglaterra não vêem como culpados de uma conspiração aqueles que estão informados a seu respeito e não a revelam: elas supõem que o delator é tão infame quanto o conspirador é culpado. Na França, os que sabem de uma conspiração e não a denunciam são punidos com a morte. Luís XI, contra o qual se conspirava freqüentemente, promulgou essa lei terrível. Um Luís XII, um Henrique IV jamais a teriam imaginado. Essa lei não somente força um homem virtuoso a ser delator de um crime que ele poderia evitar por sábios conselhos e por sua firmeza, como ainda o expõe a ser punido como caluniador, porque é muito fácil que os conjurados se precavenham de tal forma que ele não consiga convencê-los.

Foi exatamente o que sucedeu com o respeitável François-Auguste de Thou, conselheiro de Estado, filho

---

43. Ver *Essai sur les Moeurs*, I, *in* Voltaire, Cap. XXII, *Oeuvres complètes*, Garnier, Paris, 1878, tomo XI, p. 67; *Éléments de la Philosophie de Newton*, IX; *De la Force Active*, Mélanges, I, *in* Voltaire, *Oeuvres complètes*, Garnier, Paris, 1879, tomo XXII, p. 434.

do único bom historiador de que a França podia gabar-se, igual a Guichardin por suas luzes e superior talvez por sua imparcialidade.

A conspiração estava tramada muito mais contra o cardeal de Richelieu do que contra Luís XIII. Não se tratava de entregar a França a inimigos: porque o irmão do rei, principal autor desse complô, não podia ter por objetivo entregar um reino do qual ainda se considerava o herdeiro presuntivo, não vendo entre o trono e ele senão um irmão mais velho moribundo e duas crianças de berço.

De Thou não era culpado nem perante Deus nem perante os homens. Um dos agentes de Monsieur, irmão único do rei, do duque de Bouillon, príncipe soberano de Sedan e do grande escudeiro Effiat Cinq-Mars havia comunicado de viva voz o plano do complô ao conselheiro de Estado. Este foi encontrar o grande escudeiro Cinq-Mars e fez o que pôde para dissuadi-lo do seu intento; fez-lhe ver as dificuldades da empresa. Se tivesse então denunciado os conspiradores, não tinha prova alguma contra eles; teria sido humilhado pelo desmentido do herdeiro presuntivo da Coroa, pelo de um príncipe soberano, pelo do favorito do rei e, enfim, pela execração pública. Expunha-se a ser punido como um covarde caluniador.

O próprio chanceler Séguier concordou com isso ao confrontar De Thou com o grande escudeiro. Foi nessa confrontação que De Thou disse a Cinq-Mars estas palavras, mencionadas no auto: "Lembrai-vos, senhor, de que não se passou um só dia em que eu não vos tenha falado desse tratado para vos dissuadir dele." Cinq-Mars reconheceu essa verdade. De Thou merecia portanto uma recompensa, e não a morte no tribunal da eqüidade humana. Merecia pelo menos que o cardeal de Richelieu o poupasse; mas a humanidade não era a sua virtude. Trata-se efetivamente, aqui, de algo mais que *summum jus, summa injuria**. A sentença de morte desse homem virtuoso reza: "Por haver tido conhecimento e participado das ditas conspirações"; não diz: por não as ter revelado. Parece que o crime é estar informado de um crime, e que se merece a morte por ter olhos e ouvidos[44].

Tudo o que se pode talvez dizer de tal sentença é que ela não foi pronunciada por justiça, mas por comissários[45]. A letra da lei assassina era precisa. Compete não apenas aos jurisconsultos, mas a todos os homens, dizer se o espírito da lei não foi pervertido. É uma triste contradição que um pequeno número de homens faça perecer como criminoso aquele que toda uma nação julga inocente e digno de estima.

XVI

Da revelação pela confissão[46]

Jaurigny[47] e Balthazar Gérard, assassinos do príncipe de Orange, Guilherme I, o dominicano Jacques Clément,

---

* Suma justiça, suma injúria. [N. do R.]

44. A culpa de De Thou foi claramente demonstrada pelos recentes trabalhos históricos.

45. São as palavras de um monge de Marcoussis a Francisco I; ver *Histoire du Parlament*, I, Cap. V, *in* Voltaire, *Oeuvres complètes*, Garnier, Paris, 1878, tomo XV, p. 463.

46. Voltaire, em 1771, reproduziu esse parágrafo, menos as duas últimas alíneas (e não *primeiras*, como disse Beuchot em sua nota, o artigo CONFESSION, 1, *Dictionnaire Philosophique*, II, *in* Voltaire, *Oeuvres complètes*, tomo XVIII, p. 226.

47. Voltaire sempre chamou de Jaurigny (ver *Essai sur les Moeurs*, II, Cap. CLXIV, *in* Voltaire, *Oeuvres complètes*, *op. cit.*, tomo XII, p. 471; *Essai sur les Moeurs*, III, *in* Voltaire, *Annales de l'Empire, Charles Quint, Oeuvres complètes, op. cit.*, tomo XIII, p. 516) o assassino de Guilherme, que outros chamam de Jaureguy.

Châtel, Ravaillac e todos os demais parricidas daquele tempo se confessaram antes de cometer os seus crimes. O fanatismo, nesses séculos deploráveis, tinha chegado a tal excesso que a confissão não passava de um compromisso a mais para se consumar a perversidade deles; ela se tornava sagrada pela simples razão de que a confissão é um sacramento.

O próprio Strada diz que Jaurigny "non ante facinus aggredi sustinuit, quam expiatam noxis animam apud dominicanum sacerdotem coelesti pane firmaverit. – Jaurigny não ousou empreender essa ação sem ter fortificado pelo pão celeste a sua alma, purgada pela confissão aos pés de um dominicano".

Vê-se, no interrogatório de Ravaillac, que esse infeliz, tendo saído da ordem cisterciense e querendo ingressar na dos jesuítas, tinha-se dirigido ao jesuíta d'Aubigny; que, depois de lhe ter falado de várias aparições que tivera, mostrou a esse jesuíta uma faca em cuja lâmina estavam gravados um coração e uma cruz e que ele disse estas palavras ao jesuíta: "Esse coração indica que o coração do rei deve ser levado a combater os huguenotes."

Talvez se d'Aubigny tivesse tido suficiente zelo e prudência para informar o rei dessas palavras; talvez, se ele tivesse descrito o homem que as havia pronunciado, o melhor dos reis não teria sido assassinado.

No dia 20 de augusto ou agosto[48] do ano de 1610, três meses após a morte de Henrique IV, cujas feridas sangravam no coração de todos os franceses, o advoga-

---

48. É assim que se lê na edição original e em todas as outras publicadas em vida por Voltaire. (B.)

do geral Servin, cuja memória ainda é ilustre, requereu que se fizesse os jesuítas assinarem os quatro artigos seguintes:

1º que o concílio está acima do papa;

2º que o papa não pode privar o rei de nenhum de seus direitos pela excomunhão;

3º que os eclesiásticos estão totalmente submetidos ao rei, como os outros;

4º que um padre que toma conhecimento, pela confissão, de uma conspiração contra o rei e o Estado deve revelá-la aos magistrados.

No dia 22 o parlamento promulgou um decreto pelo qual se proibia aos jesuítas ensinar à juventude antes de haver assinado esses quatro artigos; mas nessa época a corte de Roma era tão poderosa, e a da França tão fraca, que esse decreto foi inútil.

Um fato que merece ser observado é que essa mesma corte de Roma, que não queria que se revelasse a confissão quando se tratava da vida dos soberanos, obrigava os confessores a denunciar aos inquisidores aqueles a quem suas penitentes acusassem, em confissão, de havê-las seduzido e abusado delas. Paulo IV, Pio IV, Clemente VIII, Gregório XV[49] ordenaram essas revelações. Era uma armadilha bem embaraçosa para os confessores e para as penitentes. Era fazer de um sacramento um cartório de delações e mesmo de sacrilégios: porque, pelos antigos cânones e sobretudo pelo Concílio de Latrão realizado sob Inocêncio III, todo padre que revela uma con-

---

49. A constituição de Gregório XV é de 30 de agosto de 1622; ver as *Memórias eclesiásticas* do jesuíta d'Avrigny, caso não se prefira consultar o Bulário. (*Nota de Voltaire.*)

fissão, seja ela de que natureza for, deve ser interdito e condenado à prisão perpétua.

Mas há coisa bem pior: eis quatro papas nos séculos XVI e XVII que ordenam a revelação de um pecado de impureza e não permitem a de um parricídio. Uma mulher confessa ou supõe no sacramento, diante de um carmelita, que um frade franciscano a seduziu: o carmelita deve denunciar o franciscano. Um assassino fanático, acreditando servir a Deus matando o seu príncipe, vem consultar um confessor sobre esse caso de consciência: o confessor torna-se sacrílego se salvar a vida de seu soberano.

Essa contradição absurda e terrível é uma conseqüência da oposição contínua que reina há tantos séculos entre as leis eclesiásticas e as leis civis. O cidadão se vê prensado, nessas ocasiões, entre o sacrilégio e o crime de alta traição; e as regras do bem e do mal estão sepultadas num caos do qual ainda não foram tiradas.

A confissão das próprias faltas foi autorizada sempre e em quase todas as nações. A gente se acusava nos mistérios de Orfeu, de Ísis, de Ceres, da Samotrácia. Os judeus faziam a confissão de seus pecados no dia da expiação solene e ainda seguem esse uso. Um penitente escolhe o seu confessor, que por sua vez se torna seu penitente; e cada qual, um depois do outro, recebe do seu companheiro trinta e nove chicotadas enquanto recita três vezes a fórmula confessional, que consiste em apenas treze palavras e que, por conseguinte, não articula nada de particular.

Nenhuma dessas confissões jamais entrou nos detalhes, nenhuma serviu de pretexto para essas consultas secretas que penitentes fanáticos fizeram algumas vezes para ter o direito de pecar impunemente, método pernicioso que corrompe uma instituição salutar. A confissão, que era o maior freio dos crimes, tornou-se com freqüência, em tempos de sedição e de perturbação, um incentivo ao próprio crime; e é provavelmente por todas essas razões que tantas sociedades cristãs aboliram uma prática santa que lhes pareceu tão perigosa quanto útil.

XVII

Da falsa moeda

O crime de fazer moeda falsa é considerado como alta traição de segundo grau, e com justiça: é trair o Estado roubar todos os particulares do Estado. Pergunta-se se um negociante que manda vir lingotes da América e em seguida os converte em boa moeda é culpado de alta traição e se merece a morte. Em quase todos os reinos ele é condenado ao derradeiro suplício; no entanto, ele não roubou ninguém: pelo contrário, contribuiu para o bem do Estado ao lhe propiciar uma circulação maior de moedas. Mas ele se arrogou o direito do soberano, rouba-o ao atribuir a si mesmo o provento que o rei tem com as moedas. Cunhou boas moedas, mas expõe os seus imitadores à tentação de as cunhar más. É em excesso a morte[50]. Conheci um jurisconsulto que queria

....
50. Essa pena, inscrita primitivamente no Código Penal para prevenir a fabricação e a emissão da moeda falsa, foi substituída, em 13 de maio de 1863, pela dos trabalhos forçados em caráter perpétuo.

que se condenasse esse culpado, como homem hábil e útil, a trabalhar na Real Casa da Moeda com grilhões aos pés.

XVIII

Do roubo doméstico

Nos países onde um pequeno roubo doméstico é punido com a morte, esse castigo desproporcional não será perigoso para a sociedade? Não será mesmo um convite ao furto? Pois se acontece de um senhor entregar seu criado à justiça por um roubo leve, e se tirarem a vida desse infeliz, toda a vizinhança passará a odiar esse senhor; julga-se então que a natureza está em contradição com a lei e que, por conseqüência, a lei nada vale.

Que acontece então? Os senhores roubados, não querendo cobrir-se de opróbrio, se contentam em expulsar os seus criados, que vão roubar noutro lugar e se acostumam ao banditismo. Sendo a pena de morte a mesma para um pequeno furto e para um roubo mais considerável, é evidente que eles procurarão roubar muito. Poderão mesmo tornar-se assassinos quando acreditarem ser esse o meio de não serem descobertos.

Mas, se a pena é proporcional ao delito, se o ladrão doméstico é condenado a trabalhar nas obras públicas, então o senhor o denunciará sem escrúpulo: já não haverá vergonha ligada à denúncia; o roubo será menos freqüente. Tudo prova essa grande verdade segundo a qual às vezes uma lei rigorosa produz os crimes.

XIX

Do suicídio[51]

O famoso Duverger de Hauranne, abade de Saint-Cyran, considerado o fundador de Port-Royal, escreveu, na altura do ano de 1608, um tratado sobre o suicídio[52] que se tornou um dos livros mais raros da Europa.

O *Decálogo*, diz ele, ordena que não se mate. O homicídio de si mesmo não parece estar menos compreendido nesse preceito do que o assassínio do próximo. Ora, se há casos em que é permitido matar o próximo, há também casos em que é permitido matar-se a si mesmo; não se deve atentar contra a própria vida senão depois de se haver consultado a razão.

A autoridade pública, que faz as vezes de Deus, pode dispor da nossa vida. A razão do homem pode também fazer as vezes da razão de Deus: é um raio da luz eterna[53].

....

51. Ver ainda, sobre o suicídio, o artigo DE CATON, DU SUICIDE, *Dictionnaire Philosophique*, II, *in* Voltaire, *Oeuvres complètes, op. cit.*, tomo XVIII, p. 89; e o artigo SUICIDE, ou HOMICIDE DE SOI-MÊME, *Dictionnaire Philosophique*, IV, *in* Voltaire, *Oeuvres complètes*, Garnier, Paris, 1879, tomo XX, p. 444; e o artigo V de O preço da justiça e da humanidade.

52. Foi impresso in-12 em Paris, por Toussaint Dubray, em 1609, com privilégio do rei; deve estar na Biblioteca de Sua Majestade. (*Nota de Voltaire.*)

53. Eis o texto do abade de Saint-Cyran:

"No mandamento de Deus de não matar não está menos compreendido o assassínio de si mesmo que o do próximo. Eis por que foi escrito nessas palavras gerais sem nenhuma modificação, para nelas incluir qualquer tipo de homicídio. Ora, sucede que, não obstante essa proibição e sem infringi-la, ocorrem circunstâncias que dão direito e poder ao homem para matar seu próximo. Poderão, pois, ocorrer outras que lhe darão poder para matar a si próprio sem transgredir o mesmo mandamento [...] Não será, portanto, por nós próprios, nem por nossa autoridade, que agiremos contra nós mesmos; e, uma vez que isso deve ser feito honestamente e com uma ação virtuosa, será com o consentimento da razão e como que por ela ratificado. E, assim como a coisa pública ocupa o lugar de Deus quando ela dispõe da nossa vida, também

Saint-Cyran estende muito esse argumento, que se pode tomar por mero sofisma; mas, quando ele passa à explicação e aos pormenores, é mais difícil responder-lhe. Pode-se, diz ele, suicidar-se pelo bem do príncipe, pelo da pátria, pelo dos pais[54].

Não se vê por que, com efeito, se possa condenar os Codros e os Cúrcios*. Não existe soberano que ousou punir a família de um homem que fosse devotado. Que digo! Não há um só que ousou não recompensá-la. São Tomás, antes de Saint-Cyran, tinha dito a mesma coisa. Mas não se tem necessidade nem de Tomás, nem de Boaventura, nem de Hauranne para saber que um homem que morre pela pátria é digno dos maiores elogios.

O abade de Saint-Cyran conclui que é permitido fazer por si mesmo o que é belo fazer pelo próximo. Sabe-se bem tudo o que é alegado em Plutarco, em Sêneca, em Montaigne e em cem outros filósofos a favor do suicídio. É um lugar-comum esgotado. Não pretendo aqui fazer a apologia de uma ação que as leis condenam; mas

....

a razão do homem, nesse caso, ocupará o lugar da razão de Deus; e, assim como o homem não tem o ser senão em virtude do ser de Deus, assim também ela terá o poder de fazê-lo, por aquilo que Deus lhe tiver dado; e Deus lhe terá dado, pois já lhe deu um raio da luz eterna a fim de julgar do estado de suas ações" (pp. 8, 9, 16 e 17 do volume intitulado *Question royalle et sa décision*, Toussaint Dubray, Paris, 1609, in-12, com privilégio do rei).

54. Eis, uma vez mais, o texto de Saint-Cyran:

"Digo que o homem a isso será obrigado pelo bem do príncipe e da coisa pública, para afastar por sua morte os males que prevê seguramente dever cair sobre ela se ele continuasse a viver [...] Mas, para mostrar ainda uma vez, além do que eu já disse, a obrigação do pai para com os filhos, como, do lado oposto, a dos filhos para com os pais, creio que, sob os imperadores Nero e Tibério, eles eram obrigados a se matar para o bem de sua família e de seus filhos etc." (*ibidem*, pp. 18, 19, 29, 30).

* Heróis lendários, respectivamente da Grécia e da Roma antigas, que deram a vida para salvar sua pátria. [N. do R.]

nem o Antigo Testamento nem o Novo jamais proibiram ao homem sair da vida quando já não consegue suportá-la. Nenhuma lei romana condenou o assassínio de si mesmo. Pelo contrário, eis a lei do imperador Marco Aurélio, que nunca foi revogada:

"Se vosso pai ou vosso irmão, não sendo acusado de nenhum crime, se mata para se subtrair às dores, ou por tédio da vida, ou por desespero, ou por demência, que seu testamento seja válido ou que seus herdeiros sucedam se ele morreu *intestado*."[55]

Apesar dessa lei humana dos nossos mestres, ainda nos arrastamos na lama, ainda atravessamos com uma estaca o cadáver de um homem que morreu voluntariamente; infamamos a sua memória; desonramos a sua família o quanto pudermos; punimos o filho por ter perdido o pai e a viúva por estar privada do marido. Chega-se a confiscar os bens do morto; o que é, com efeito, roubar o patrimônio dos vivos, aos quais ele pertence. Esse costume, como tantos outros, derivou do nosso direito canônico, que priva da sepultura os que morrem de morte voluntária. Daí conclui-se que não se pode herdar de um homem que se supõe não dispor de herança no céu. O direito canônico, no título *De Poenitentia*, assegura que Judas cometeu um pecado maior ao se estrangular do que ao vender Nosso Senhor Jesus Cristo.

....

55. Leg. I, Cod. Livro IX, tít. I, *De Bonis eorum qui sibi mortem* etc. (*Nota de Voltaire.*)

XX

De uma espécie de mutilação

Encontra-se no Digesto uma lei de Adriano[56] que pronuncia pena de morte contra os médicos que fazem eunucos, seja arrancando-lhes os testículos, seja esmigalhando-os. Confiscavam-se também, por essa lei, os bens dos que se faziam assim mutilar. Poder-se-ia ter punido Orígenes, que se submeteu a essa operação, se se interpretasse rigorosamente esta passagem de São Mateus: "Há os que se castraram a si mesmos pelo reino dos céus."

As coisas mudaram sob os imperadores seguintes, que adotaram o luxo asiático, principalmente no baixo-império de Constantinopla, em que se viram eunucos tornarem-se patriarcas e comandar exércitos.

Hoje, em Roma, o uso é o de castrar os meninos para torná-los dignos de serem músicos do papa, de sorte que *castrato* e *musico del papa* passaram a ser sinônimos. Há não muito tempo, via-se em Nápoles, em grandes caracteres, acima da porta de certos barbeiros: *Qui si castrano maravigliosamente i putti*.

XXI

Do confisco ligado a todos os delitos que se falou[57]

Há uma máxima consagrada na jurisprudência: "Quem confisca o corpo confisca os bens"; máxima em vigor nos

....

56. Leg. 4, parágrafo 2, Livro XLVIII, tít. VIII, *Ad legem Corneliam de sicariis*. (*Nota de Voltaire*.)

57. Voltaire reproduziu, em 1769, todo esse parágrafo (ver Siècle de Louis XIV, II, *in* Voltaire, Précis, Cap. XVII, Des Lois, *Oeuvres complètes*, Garnier, Paris,

países onde o costume ocupa o lugar da lei. Assim, como acabamos de dizer, neles se faz morrer de fome os filhos dos que terminaram voluntariamente seus tristes dias, bem como os filhos dos assassinos. Assim, em todos os casos uma família inteira é punida pelo delito de um único homem.

Assim, quando um pai de família é condenado às galés perpétuas por uma sentença arbitrária[58], quer por haver dado guarida em sua casa a um pregador, quer por ter escutado o seu sermão em alguma caverna ou em algum deserto, a mulher e os filhos são obrigados a mendigar o seu pão.

Essa jurisprudência, que consiste em arrebatar o alimento aos órfãos e em dar a um homem os bens de outro, era desconhecida em toda a época da república romana. Sila introduziu-a nas suas proscrições. Deve-se reconhecer que uma rapina inventada por Sila não era um exemplo a ser seguido. Por isso essa lei, que parecia ditada unicamente pela desumanidade e pela avareza, não foi seguida nem por César, nem pelo bom imperador Trajano, nem pelos Antoninos, cujo nome todas as nações ainda pronunciam com respeito e amor. Enfim, sob Justiniano, o confisco só ocorria em virtude do crime de lesa-majestade.

Parece que, na época da anarquia feudal, os príncipes e os senhores das terras, sendo muito pouco ricos, procuravam aumentar o seu tesouro pelas condenações

....

1878, tomo XV, p. 421). Em 1771, ele o reproduziu com algumas diferenças no artigo CONFISCATION, *Dictionnaire Philosophique*, II, *in* Voltaire, Oeuvres complètes, *op. cit.*, tomo XVIII, p. 233.

58. Ver o edito de 14 de maio de 1724 publicado por solicitação do cardeal de Fleury, revisto por ele. (*Nota de Voltaire.*)

de seus súditos, e que se quis transformar o crime em renda. Sendo as leis, entre eles, arbitrárias, e a jurisprudência romana ignorada, os costumes, bizarros ou cruéis, prevaleceram. Hoje, porém, quando o poder dos soberanos está baseado em riquezas imensas e asseguradas, seu tesouro não tem necessidade de inflar com os precários sobejos de uma família infeliz; eles são entregues, em geral, ao primeiro que os solicitar. Mas é justo um cidadão engordar com os restos do sangue de outro cidadão?

O confisco não é admitido nas províncias onde o direito romano se acha estabelecido, excetuada a área sob jurisdição do parlamento de Toulouse. Tampouco é admitido em algumas províncias consuetudinárias, como as de Bourbonnais, Berry, do Maine, de Poitou e da Bretanha, onde pelo menos ele respeita os imóveis. Era aplicado outrora em Calais, e os ingleses o aboliram quando o conquistaram. É bastante estranho que os habitantes da capital vivam sob uma lei mais rigorosa que os das cidades pequenas: é verdade que a jurisprudência foi quase sempre estabelecida ao acaso, sem regularidade, sem uniformidade, da mesma forma com que se constroem choupanas numa aldeia.

Quem acreditaria que, no ano de 1673, no belo século da França, o advogado geral Omer Talon tenha falado assim em pleno parlamento a propósito de uma senhorita de Canillac[59]:

"No capítulo XIII do Deuteronômio, Deus diz: 'Se te encontrares numa cidade e num lugar onde reina a idolatria, passa tudo pelo fio da espada, sem exceção de

---

59. *Journal du Palais*, tomo I, p. 444. (*Nota de Voltaire.*)

idade, nem de sexo, nem de condição. Reúne nos lugares públicos todos os despojos da cidade; queima-a inteira com os seus despojos, e que não reste mais que um monte de cinzas desse lugar de abominação. Numa palavra, faze disso um sacrifício ao Senhor, e que nada fique em tuas mãos dos bens desse anátema.'

"Assim, no crime de lesa-majestade, o rei era senhor dos bens, e deles os filhos estavam privados. Tendo Nabot sido condenado, *quia maledixerat regi**, o rei Acab tomou posse de sua herança. Davi, informado de que Mifiboset havia se envolvido na rebelião, deu todos os bens dele a Siba, que lhe trouxera a notícia: *Tua sint omnia quae fuerunt Miphiboseth***[60]."

Trata-se de saber quem herdará os bens da Srta. de Canillac, bens outrora confiscados de seu pai, entregues pelo rei a um guarda do tesouro real e dados em seguida pelo guarda do tesouro real à testadora. E é em relação a esse processo de uma moça de Auvergne que um advogado geral se refere a Acab, rei de uma parte da Palestina, que confiscou a vinha de Nabot depois de haver assassinado o proprietário servindo-se do punhal da justiça: ação abominável que se converteu em provérbio para inspirar aos homens o horror da usurpação. Seguramente a vinha de Nabot não tinha nenhuma relação com a herança da Srta. de Canillac. O assassínio e o confisco dos bens de Mifiboset, neto do rei Saul e filho de Jônatas, amigo e protetor de Davi, não têm uma afinidade maior com o testamento dessa senhorita.

....
* "Porque amaldiçoou o rei", I Reis 21, 1-3. [N. do R.]
** "Para ti tudo o que pertence a Mifiboset", 2 Sm 16, 4. [N. do R.]
60. II. Reis XVI, 4.

Foi com essa pedantaria, com essa demência de citações alheias à questão, com essa ignorância dos primeiros princípios da natureza humana, com esses preconceitos mal concebidos e mal aplicados que a jurisprudência foi tratada por homens que tiveram reputação na sua esfera. Deixa-se aos leitores dizer o que é supérfluo dizer-lhes.

XXII
Do processo criminal e de outras formas[61]

Se um dia os seres humanos abrandarem na França alguns usos excessivamente rigorosos, sem no entanto dar facilidades ao crime, é de crer que se reformará também o processo nos artigos em que os redatores parecem ter-se entregado a um zelo demasiado severo. A lei criminal, em vários pontos, parece não se ter voltado senão para a eliminação dos acusados. É a única lei[62] que é uniforme em todo o reino; não deveria ela ser tão favorável ao inocente quanto terrível para o culpado? Na Inglaterra, uma simples prisão feita indevidamente é reparada pelo ministro que a ordenou; na França, porém, o inocente que foi jogado na masmorra, que foi torturado, não tem nenhum consolo a esperar, nenhum dano a reclamar contra ninguém; fica estigmatizado para sem-

....
61. Várias alíneas desse parágrafo foram reproduzidas por Voltaire em 1769. Ver Siècle de Louis XV, *in* Voltaire, Cap. XLII, Des Lois, *Oeuvres complètes, op. cit.*, tomo XV, pp. 423-6; e, em 1771, ver artigo CRIMINEL, *Dictionnaire Philosophique*, II, *in* Voltaire, *Oeuvres complètes, op. cit.*, tomo XVIII, p. 280.
62. Hoje a legislação é uniforme na França.

pre na sociedade. O inocente estigmatizado, e por quê? Porque foi destruído! Não deveria inspirar senão a piedade e o respeito. A investigação dos crimes exige rigores: é uma guerra da justiça humana contra a maldade; mas há generosidade e compaixão até mesmo na guerra. O bravo é compassivo; por que o homem da lei haveria de ser bárbaro?

Comparemos aqui, apenas em alguns pontos, o processo criminal dos romanos com o nosso.

Entre os romanos, as testemunhas eram ouvidas publicamente, na presença do acusado, que podia responder-lhes, interrogá-las ele próprio ou por intermédio de um advogado. Esse processo era nobre e franco, recendia à magnanimidade romana.

Entre nós tudo se faz secretamente. Um único juiz, com o seu escrivão, ouve cada testemunha, uma após outra. Essa prática, estabelecida por Francisco I, foi autorizada pelos comissários que redigiram a lei de Luís XIV em 1670. Um só equívoco foi a causa disso.

Tinha-se imaginado, lendo o código *de Testibus*, que as palavras[63] *testes intrare judicii secretum* significavam que as testemunhas eram interrogadas em segredo. Mas *secretum* significa aqui o gabinete do juiz. *Intrare secretum*, para significar *falar secretamente*, não seria latim. Foi um solecismo o responsável por essa parte da nossa jurisprudência.

Os depoentes são, em geral, pessoas da escória do povo, a quem o juiz, trancado com elas, pode fazer dizer tudo o que lhe aprouver. Essas testemunhas são ouvidas

---

63. Ver Bornier, título VI, artigo II, das *Informations*. (*Nota de Voltaire*.)

uma segunda vez, sempre em segredo, o que se chama *confirmação**. E se, nessa confirmação, elas se retratam em seus depoimentos, ou se os mudam em aspectos essenciais, são punidas como falsas testemunhas. De sorte que, quando um homem de espírito simples, e não sabendo exprimir-se, mas tendo o coração reto, lembrando-se de que disse muito ou muito pouco, que entendeu mal o juiz ou que o juiz o entendeu mal, revoga o que disse por um princípio de justiça, é punido como um celerado e não raro forçado a sustentar um falso testemunho pelo simples temor de ser tratado como falsa testemunha.

Se fugir, ele se exporá a ser condenado, seja porque o crime foi comprovado, seja porque não o foi. Alguns jurisconsultos, na verdade, asseguraram que o contumaz não deveria ser condenado se o crime não estivesse claramente provado; mas outros jurisconsultos, menos esclarecidos e talvez mais acatados, tiveram uma opinião contrária: ousaram dizer que a fuga do acusado era uma prova do crime; que o desprezo que ele manifestava pela justiça, recusando-se a comparecer, merecia o mesmo castigo que ele receberia se fosse réu convicto. Assim, segundo a seita dos jurisconsultos que o juiz tiver abraçado, o inocente será absolvido ou condenado.

Um grande abuso na jurisprudência francesa é o de tomar freqüentemente por lei os devaneios e os erros, por vezes cruéis, de homens de moralidade duvidosa que deram por leis as suas opiniões.

Sob o reinado de Luís XIV promulgaram-se duas ordenações que são uniformes para todo o reino. Na pri-

....

* No original, *récolement*: leitura do depoimento à testemunha para verificar se ela mantém os seus termos, se os confirma. [N. do T.]

meira⁶⁴, que tem por objeto o processo civil, está vedado aos juízes condenar sem provas, em matéria civil, quando a demanda não está provada; mas na segunda⁶⁵, que regula o processo criminal, não se diz que, por falta de provas, o acusado será dispensado. Coisa estranha! A lei diz que um homem a quem se cobra certa importância em dinheiro só será condenado sem provas no caso em que a dívida se comprove; mas se se trata da vida é uma controvérsia na jurisprudência saber se se deve condenar o contumaz quando o crime não é provado; e a lei não resolve a dificuldade.

Quando o acusado foge, começais por apreender e anotar todos os seus bens⁶⁶; nem mesmo esperais que o processo seja concluído. Ainda não tendes nenhuma prova, ainda não sabeis se ele é inocente ou culpado, e começais por lhe criar despesas imensas!

É uma pena, dizeis, em que lhe punis a desobediência à ordem de prisão. Mas o extremo rigor da vossa prática criminal não o força a essa desobediência?

Um homem é acusado de um crime, vós o encerrais primeiro numa masmorra horrenda; não lhe permitis comunicar-se com ninguém; vós o condenais aos ferros, como se já o tivésseis julgado culpado. As testemunhas que depõem contra ele são ouvidas secretamente; ele só as vê por um momento, na acareação; antes de lhes ouvir os depoimentos, ele deve alegar os motivos de impedimento que tem contra elas; é preciso circunstanciá-los;

....

64. Que é de 1667.

65. Que é de 1670.

66. Essa disposição e muitas outras não menos revoltantes foram conservadas no *Código de instrução criminal*, que é de 1808, mas não poderão ser mantidas por muito tempo mais. 1831. (B.)

é preciso que ele diga no mesmo instante o nome de todas as pessoas que podem apoiar esses motivos; ele já não pode pedir o impedimento após a leitura do testemunho. Se mostrar às testemunhas que elas exageraram nos fatos, que omitiram outros, ou que se enganaram em alguns pormenores, o medo do suplício as fará persistir no seu perjúrio. Se circunstâncias que o acusado tiver enunciado em seu interrogatório forem referidas diferentemente pelas testemunhas, isso bastará para que juízes ignorantes ou predispostos condenem um inocente.

Que homem não se apavora ante esse procedimento? Que homem justo pode ter certeza de que não sucumbirá a ele? Ó juízes! Se quereis que o inocente acusado não fuja, facilitai-lhe os meios de se defender.

A lei parece esquecer o magistrado ao se comportar em relação ao acusado mais como inimigo do que como juiz. Esse juiz tem o poder de ordenar[67] a acareação do acusado com a testemunha ou de omiti-la. Como uma coisa tão necessária como a acareação pode ser arbitrária?

O uso, nesse ponto, parece contrário à lei, que é equívoca; há sempre acareação, mas o juiz nem sempre confronta todas as testemunhas; omite freqüentemente as que não lhe parecem fazer uma acusação considerável: no entanto uma testemunha que nada disse contra o acusado na investigação pode depor em seu favor na acareação. A testemunha pode ter esquecido circunstâncias favoráveis ao acusado; o próprio juiz pode não ter percebido inicialmente o valor dessas circunstâncias e não tê-las consignado por escrito. É, pois, muito impor-

....

67. *E, se necessidade houver, acareai*, diz a ordenação de 1670, título XV, artigo I. (*Nota de Voltaire.*)

tante que todas as testemunhas sejam acareadas com o acusado e que, nesse ponto, a acareação não seja arbitrária.

Em se tratando de um crime, o acusado não pode ter advogado; então ele toma o partido da fuga: é o que todas as máximas da jurisprudência lhe recomendam; mas, ao fugir, ele pode ser condenado, quer o crime tenha sido provado, quer não o tenha. Assim, pois, um homem a quem se cobra uma importância em dinheiro só é condenado sem provas no caso em que a dívida seja comprovada; mas se se trata da sua vida pode-se condená-lo sem provas quando o crime não é constatado. Como! A lei teria feito mais caso do dinheiro do que da vida? Ó juízes! Consultai o pio Antonino e o bom Trajano; eles proíbem que os ausentes sejam[68] condenados.

Como! Vossa lei permite que um concussionário, um falido fraudulento possa recorrer aos serviços de um advogado, e com muita freqüência um homem honrado é privado desse recurso! Se puder haver uma única ocasião em que um inocente seja justificado pela intervenção de um advogado, não é evidente que a lei que o priva disso é injusta?

Malesherbes, presidente do tribunal, dizia contra essa lei que "o advogado ou conselho que se estava acostumado a dar aos acusados não é em absoluto um privilégio concedido pelas ordenações nem pelas leis: é uma liberdade adquirida pelo direito natural, que é mais antigo do que todas as leis humanas. A natureza ensina a todo homem que ele deve recorrer às luzes dos outros

---

68. Digesto, lei I, Livro XLIX, tít. XVII, *De Requirendis vel Absentibus damnandis*; e lei V, Livro XLVIII, tít. XIX, *De Poenis*. (*Nota de Voltaire*.)

quando não as tem o bastante para se conduzir, e servir-se do recurso quando não se sente bastante forte para se defender. Nossas ordenações subtraíram aos acusados tantas vantagens que é bem justo conservar-lhes o que lhes resta, principalmente o advogado, que constitui aí a parte mais essencial. Porque, se se quiser comparar o nosso processo com o dos romanos e das outras nações, verificar-se-á que não há outro tão rigoroso quanto o que se observa na França, particularmente depois da ordenação de 1539[69].

Esse processo é bem mais rigoroso a partir da ordenação de 1670. Teria sido mais brando se a maioria dos comissários tivesse pensado como o Sr. Malesherbes.

O parlamento de Toulouse tem um uso bem singular nas provas testemunhais. Admite-se em outros lugares meias-provas, que no fundo não passam de dúvidas: pois sabe-se que não existem meias-verdades; mas em Toulouse admitem-se quartos e oitavos de provas. Ali se pode considerar um ouvir-dizer como um quarto, um outro ouvir-dizer mais vago como um oitavo; de modo que oito rumores que não passam do eco de um boato mal fundado podem tornar-se uma prova completa; e foi aproximadamente com base nesse princípio que Jean Calas* foi condenado à roda[70]. As leis romanas exigiam

....

69. *Procès-verbal de l'ordonnance*, p. 163. (*Idem.*)

* Huguenote executado injustamente. Esse fato levou Voltaire a iniciar uma campanha pela tolerância religiosa e pela reforma do Código Penal na França. [N. do R.]

70. Ver *Pièces Originales sur la mort des sieurs Calas*, Mélanges, III, *in* Voltaire, *Oeuvres complètes*, Garnier, Paris, 1879, tomo XXIV, pp. 365-408; e *Tratado sobre a tolerância*, *in* Voltaire, I, "História resumida da morte de Jean Calas", Clássicos, Martins Fontes, São Paulo, 1993.

provas *luce meridiana clariores*, mais claras que a luz do meio-dia.

XXIII
Idéia de alguma reforma

A magistratura é tão respeitável que o único país[71] da Terra onde ela é venal faz votos para ficar livre desse uso. Quer-se que o jurisconsulto possa chegar por seu mérito a ministrar a justiça que ele defendeu com suas vigílias, sua voz e seus escritos. Talvez então se visse nascer, por excelentes trabalhos, uma jurisprudência regular e uniforme.

Será que sempre se julgará diferentemente a mesma causa na província e na capital? Será preciso que o mesmo homem esteja certo na Bretanha e errado no Languedoc? Que digo? Existem tantas jurisprudências quantas são as cidades; e no mesmo parlamento a máxima de uma câmara não é a da câmara vizinha[72].

Que prodigiosa contradição entre as leis do mesmo reino! Em Paris, um homem domiciliado na cidade há um ano e um dia é reputado burguês. No Franco-Condado, um homem livre que residiu um ano e um dia numa casa submetida ao regime de mão-morta torna-se escravo; seus colaterais não herdariam o que ele tivesse adquirido em outras províncias, e seus próprios filhos são reduzidos à mendicidade se tiverem passado um ano longe da casa onde o pai morreu. A província é chamada franca, mas que franqueza!

---

71. A França; ver, no tomo XXI, a nota 2 da página 6.
72. Ver sobre isso o presidente Bouhier. (*Nota de Voltaire.*)

Quando se quer criar limites entre a autoridade civil e os usos eclesiásticos, que disputas intermináveis! Onde ficam esses limites? Quem conciliará as eternas contradições do fisco e da jurisprudência? Enfim, por que, em certas províncias, as sentenças nunca são motivadas? Haverá alguma vergonha em dar a razão do seu julgamento? Por que os que julgam em nome do soberano não apresentam ao soberano as suas sentenças de morte antes que elas sejam executadas?

Para onde quer que se olhe, reina a contradição, a dureza, a incerteza, a arbitrariedade. Procuramos neste século aperfeiçoar tudo; procuremos então aperfeiçoar as leis das quais dependem nossas vidas e nossas fortunas.

Carta ao Sr. Marquês de Beccaria, a propósito do Sr. Morangiés[1]

SENHOR,

Ensinais leis na Itália, de onde nos vêm todas as leis, salvo as que nos são transmitidas pelos nossos costumes bizarros e contraditórios, remanescência da antiga barbárie cuja ferrugem ainda subsiste num dos reinos mais florescentes da Terra.

Vosso livro sobre *os delitos e as penas*[2] abriu os olhos de vários jurisconsultos da Europa nutridos em usos absurdos e desumanos, e em toda parte se começou a ter vergonha de persistir em velhos hábitos de selvagens.

---

1. Creio que esse escrito é o primeiro dos onze que Voltaire publicou no caso Morangiés. Deve ser anterior à sentença de 11 de abril de 1772, que remeteu o processo para a jurisdição do fórum de Paris.

– O caso Morangiés provocou celeuma por causa do escândalo que o envolveu. Os debates, entretanto, giravam unicamente em torno de um caso de velhacaria bem vulgar; mas as paixões políticas imiscuíram-se no assunto: a nobreza e a burguesia quiseram se reconhecer nas partes em causa; ambos os lados se encarniçaram, e essa escaramuça avultou a ponto de ocupar um pequeno lugar na nossa história nacional.

Mas foi por motivos puramente pessoais que Voltaire entrou nessa batalha. Solicitado pelo jovem conde de Rochefort e por seu sobrinho Florian, ele se declarou a favor de Morangiés, cuja família lhe era conhecida de longa data, e veio juntar suas ironias às violências do advogado Linguet. Evitou, todavia, afirmar claramente a inocência do seu cliente: enquanto a luta perdurou, nunca falou senão das aparências, e foi por isso que publicou o *Ensaio sobre as probabilidades em questão de justiça*, notável obra intencionada, já

Pediu-se a vossa opinião sobre o suplício horrível a que haviam sido condenados dois jovens fidalgos[3] mal saídos da infância, dos quais um, tendo escapado às torturas, tornou-se um dos melhores oficiais de um grande rei, enquanto o outro, que dava as mais caras esperanças, morreu como sábio de uma morte terrível, sem ostentação e sem fraqueza, cercado por cinco verdugos. Esses meninos eram acusados de indecência em ação e palavras, delito que três meses de cadeia teriam bastado para punir e que a idade haveria infalivelmente de corrigir.

Respondestes que os juízes eram assassinos, e a Europa pensou como vós.

Consultei-vos sobre os julgamentos de canibais contra Calas[4], contra Sirven[5], contra Montbailli[6], e previstes

....

que se destinava a combater o absurdo sistema das meias-certezas aplicado pelos juízes da época sem nenhum escrúpulo de consciência. Para entender todas as peripécias desse caso, que durou quase dois anos, convém recorrer às *Memórias de Bachaumont*.

Voltaire escreveu em Ferney essa *Carta ao marquês de Beccaria* na época em que, em Paris, La Tournelle pronunciava a sua sentença (11 de abril de 1772), que enviava Morangiés e os herdeiros Véron perante o fórum de Paris. Ela deve ter sido publicada em fins de abril. No intuito de dar a sua opinião sobre o caso, o filósofo de Ferney imagina dirigir-se ao célebre jurisconsulto italiano, que ele interroga para formar sua opinião sobre o caso; e isso lhe permite expor os fatos à sua maneira. (G. A.)

2. Ver *Commentaire sur le livre Des Délits et Des Peines*, Mélanges, IV, *in* Voltaire, *Oeuvres complètes*, Garnier, Paris, 1879, tomo XXV, p. 539.

3. Ver *Relation de la mort du Chevalier de la Barre*, Mélanges, IV, *in* Voltaire, *Oeuvres complètes, op. cit.*, tomo XXV, p. 501.

4. Ver *Tratado sobre a tolerância*, Capítulo I, Voltaire. Clássicos, Martins Fontes, São Paulo, 1993.

5. Ver *Avis au Public sur les Parricides imputés aux Calas et aux Sirven*, Mélanges, IV, *in* Voltaire, *Oeuvres complètes, op. cit.*, tomo XXV, p. 517.

6. Ver *La Méprise d'Arras* (*Proces Criminel du Sieur Montbailli et de sa femme*), Mélanges, VII, Voltaire, *Oeuvres complètes, op. cit.*, p. 429.

as sentenças emanadas posteriormente do chefe da nossa Justiça, dos nossos referendários e dos tribunais, que justificaram a inocência condenada e restabeleceram a honra da nossa nação.

Consulto-vos hoje sobre uma questão de natureza bem diversa. É uma questão ao mesmo tempo civil e criminal. Trata-se de um cavalheiro, marechal-de-campo do Exército, que sustenta sozinho a sua honra e a sua fortuna contra toda uma família de cidadãos pobres e obscuros e contra uma multidão vinda da ralé, cujos gritos se fazem ouvir por toda a França.

A família pobre acusa o general de lhe ter roubado cem mil escudos pela fraude e pela violência. O general acusa esses indigentes de lhe roubar cem mil escudos por uma manobra igualmente criminosa. Esses pobres queixam-se não só de correr o risco de perder um bem imenso que eles parecem nunca ter possuído como ainda de terem sido tiranizados, ultrajados, espancados por oficiais da justiça que os forçaram a se confessar culpados e a consentir na sua ruína e no seu castigo. O marechal-de-campo protesta que essas acusações de fraude e violência não passam de calúnias atrozes. Os advogados de ambas as partes se contradizem quanto aos fatos, em todas as induções e até mesmo em todos os seus raciocínios; seus memoriais são uma sucessão de desmentidos, e cada qual acusa o adversário de inconseqüente e absurdo: tal é o método de todos os litígios.

Quando houverdes tido, senhor, a bondade de ler os memoriais[7], que tenho a honra de vos enviar e que são

....
7. Os memoriais e defesas a favor de Morangiés eram de Linguet; os memoriais a favor da família Véron eram de Vermeil, falecido em 1810, aos setenta e oito anos, e de Jacques-Vincent Delacroix, nascido em 1743, faleci-

bastante conhecidos na França, permiti que vos exponha as minhas dúvidas: elas são ditadas pela imparcialidade. Não conheço nenhuma das partes, nem nenhum dos advogados. Mas, tendo visto durante quase oitenta anos a calúnia e a injustiça triunfar tantas vezes, é-me lícito tentar penetrar no labirinto habitado por esses monstros.

Presunções contra a família Véron

1º Eis, em primeiro lugar, quatro ordens de pagamento correspondentes a cem mil escudos, feitas segundo todas as regras por um oficial, aliás crivado de dívidas. São em favor de uma mulher chamada Véron, que se diz viúva de um banqueiro. Elas são reclamadas pelo seu neto Du Jonquay, seu herdeiro, recém-formado em direito, conquanto não conheça sequer a ortografia. Isso basta? Sim, num caso ordinário; não, nesse caso, muito extraordinário, se tudo indica que o doutor em leis nunca levou nem pôde levar o dinheiro que afirma ter entregado em nome de sua avó; se a avó, que mal sobrevivia numa mansarda graças ao malfadado ofício de penhorista, nunca conseguiu entrar na posse dos cem mil escudos; se, enfim, o neto e sua própria mãe confessaram e assinaram livremente que quiseram roubar o marechal-de-campo e que ele nunca recebeu mais de mil e duzentos francos, em vez das trezentas mil libras. Diante desses fatos, o assunto vos parece esclarecido e o público devidamente elucidado acerca das preliminares?

....

do em Versalhes em 1830. O advogado Falconet, falecido em 1817, foi também um dos defensores da família Véron. (B.)

2º Apelo para vós, senhor. Será provável que a pobre viúva de um desconhecido, que se diz ter sido um vil agiota e não um banqueiro, tenha conseguido dispor de uma importância tão vultosa para emprestar ao acaso a um oficial notoriamente endividado? O marechal-de-campo sustenta enfim que o agiota, marido dessa mulher, morreu insolvente; que seu próprio inventário não foi pago; que esse pretenso banqueiro foi a princípio aprendiz de padeiro na casa do senhor duque de Saint-Aignan, embaixador na Espanha; que exerceu em seguida o ofício de corretor em Paris e que foi obrigado pelo Sr. Hérault, chefe de polícia, a devolver as ordens de pagamento ou letras de câmbio que havia extorquido de um rapaz: a maldição parece pesar sobre essa família no tocante às ordens de pagamento! Se tudo isso for provado, parece-vos verossímil que essa família tenha emprestado cem mil escudos a um oficial endividado a quem ela não conhecia?

3º Achais provável que o neto do agiota, doutor em leis, tenha percorrido cinco léguas a pé, feito vinte e seis viagens, subido e descido três mil degraus, tudo isso durante cinco horas ininterruptas, para levar *em segredo* doze mil, quatrocentos e vinte e cinco luíses de ouro a um homem a quem ele entrega no dia seguinte mil e duzentos francos em público? Tal história não vos parece inventada por um insensato extremamente inepto? Os que acreditam nela vos parecem sábios? Que pensais dos que a propalam sem lhe dar crédito?

4º Será provável que o jovem doutor em leis Du Jonquay e sua própria mãe tenham confessado juridicamente e assinado perante um primeiro juiz, chamado entre nós comissário, que toda essa história era falsa, que nunca tinham entregado esse ouro e que eram velhacos, se com efeito não o tivessem sido, se a inquietação e o remorso não lhes tivessem arrancado a confissão do seu crime? E, quando eles dizem em seguida que só a fizeram perante o primeiro juiz porque haviam sido espancados na casa de um procurador, essa desculpa vos parece razoável ou absurda?

Não é evidente que, se esse doutor em leis foi efetivamente espancado numa outra casa em razão desse mesmo assunto, ele deveria ter exigido justiça por essa violência junto a esse primeiro juiz, em vez de assinar livremente, com sua mãe, a declaração de que ambos são culpados de um crime que não cometeram?

Seria admissível que dissessem: "Assinamos a nossa condenação porque pensamos que o marechal-de-campo tinha aliciado contra nós todos os oficiais da polícia e todos os primeiros juízes"?

O bom senso permite dar ouvidos a semelhantes razões? Ter-se-ia ousado propô-las nem mesmo em nosso tempo de barbárie, quando ainda não tínhamos nem leis, nem costumes, nem razão cultivada?

A crer nos memoriais muito circunstanciados do marechal-de-campo, os culpados, tendo sido presos, persistiram inicialmente na confissão do seu crime. Escreveram duas cartas àquele a quem haviam encarregado do depósito das ordens de pagamento extorquidas do marechal-de-campo. Queriam devolver essas ordens; estavam assustados com o seu delito, que podia levá-los às galés ou à forca. Em seguida ganharam novo alento. Aqueles com os quais eles devem dividir o fruto da sua infâmia os incentivam; o atrativo dessa quantia imensa seduz a todos eles. Recorrem a todas as fraudes obscuras da chicana para negar um crime comprovado. Aproveitam-se habilmente dos apuros a que o oficial endividado se viu por vezes reduzido para acreditá-lo capaz de restabelecer os seus negócios por um roubo de cem mil escudos. Excitam a compaixão da populaça, que não tarda a sublevar toda Paris. Enchem de piedade os advogados, que consideram um dever empregar por eles a sua eloqüência e defender o fraco contra o forte, o povo contra a nobreza. A questão mais clara torna-se a mais obscura. Um processo simples, que o magistrado da polícia teria concluído em quatro dias, avoluma-se, durante mais de um ano, com a lama que todos os canais da chicana lhe trazem. Vereis que toda esta exposição é o resumo dos memoriais produzidos nessa causa famosa.

Presunções em favor da família Véron

Eis agora as defesas da avó, da mãe e do neto, doutor em leis, contra essas fortes presunções.

1º Os cem mil escudos (aproximadamente), que segundo se afirma a viúva jamais possuiu, lhe foram dados outrora por seu marido, em fideicomisso, com a baixela de prata. Esse fideicomisso lhe foi levado *em segredo*, seis meses após a morte desse marido, por um certo Chotard. Ela os depositou, sempre *em segredo*, no cartório de um notário chamado Gillet, que lhos devolveu, também secretamente, em 1760. Portanto ela possuía de fato os cem mil escudos que segundo seu adversário ela nunca teve.

2º Ela morreu, em extrema velhice, no curso do processo, protestando, depois de ter recebido os sacramentos, que esses cem mil escudos foram levados em ouro ao oficial-general pelo seu neto, em vinte e seis[8] viagens a pé, no dia 23 de setembro de 1771.

3º Não é nada provável que um oficial, acostumado a tomar dinheiro emprestado e afeito aos negócios, tenha emitido ordens de pagamento para a importância de trezentas mil libras a um desconhecido, sem haver recebido essa importância.

4º Há testemunhas que dizem ter presenciado a contagem e o arranjo dos sacos cheios desse ouro e que viram o doutor em leis levá-los, a pé, debaixo da sobrecasaca, ao marechal-de-campo, perfazendo vinte e seis viagens durante cinco horas; e ele não fez essas vinte e seis viagens espantosas senão para atender ao marechal-de-campo, que lhe pedira *segredo.*

5º O doutor em leis acrescenta: "Nossa avó e nós vivíamos, na verdade, em uma mansarda e emprestávamos sobre penhores algum dinheiro miúdo; mas era por uma prudente economia; era para comprar-me um cargo de conselheiro no parlamento, quando a magistratura era venal. É verdade que minhas três irmãs ganhavam a vida como costureiras e bordadeiras; mas é que minha avó guardava tudo para mim. É verdade que não freqüentei senão alcoviteiras, cocheiros e lacaios; confesso que falo e escrevo como eles, mas nem por isso seria menos digno de ser magistrado, instruindo-me com o tempo.

....

8. Quando Voltaire fala de vinte e seis viagens, conta isoladamente cada ida e cada volta; quando fala de apenas treze, conta a ida e a volta como uma única viagem. (B.)

6º Todas as pessoas de bem ficaram sensibilizadas com a nossa infelicidade. O Sr. Aubourg, um dos mais dignos financistas de Paris, tomou generosamente o nosso partido e sua voz nos valeu a voz pública.

Esses argumentos parecem plausíveis em parte. Eis como o seu adversávio os refuta.

Razões do marechal-de-campo contra as razões da família Véron

1º A história do fideicomisso é, aos olhos de qualquer homem sensato, tão falsa e tão burlesca quanto a história das vinte e seis viagens a pé.

Se o pobre agiota, marido daquela velha, tivesse desejado deixar, ao morrer, tanto ouro à sua mulher, podia fazê-lo diretamente, sem necessidade de terceiros.

Se tivesse essa pretensa baixela de prata, metade dela pertencia à sua mulher, por comunhão de bens. Ela não teria ficado tranqüila, durante seis meses, morando numa mansarda de duzentos francos por ano, sem pedir de volta a sua baixela e sem empreender diligências. Chotard, o pretenso amigo de seu marido e dela, não a teria deixado durante seis meses em tamanha indigência e em tão cruel inquietude.

Houve, de fato, um Chotard; mas era um homem atolado em dívidas e em devassidão, um falido fraudulento que roubou quarenta mil escudos da coletoria régia onde tinha um emprego[9] e que, provavelmente, não

---

9. Dois arrematantes de impostos régios, Srs. de Mazières e Dangé, o atestam. (*Nota de Voltaire.*)

teria dado cem mil escudos à viúva Véron, avó do doutor em leis.

A viúva Véron afirma que empregou o seu dinheiro, sempre secretamente, no cartório de um notário chamado Gillet; e não se encontra nenhum vestígio desse dinheiro no cartório do dito notário.

Ela declara que esse notário lhe devolveu o seu dinheiro, sempre secretamente, em 1760; e ele estava morto.

Se todos esses fatos são verdadeiros, força é confessar que a causa de Du Jonquay e da Véron, fundada numa série de mentiras risíveis, cai evidentemente com eles.

2º O testamento da Véron, feito meia hora antes de seu derradeiro momento[10], tendo Deus e a morte nos lábios, é um documento muito respeitável, quase ousaríamos dizer: sagrado; mas, se ele está entre essas coisas sagradas que todos os dias são postas a serviço do crime; se esse testamento foi visivelmente ditado pelos interessados no processo; se essa penhorista, ao encomendar a alma a Deus, mentiu manifestamente a esse mesmo Deus, que peso tem então esse documento? Não é ele a prova maior da impostura e da infâmia?

Sempre se fez essa mulher dizer, durante o processo sustentado em seu próprio nome, que ela possuía apenas os cem mil escudos que lhe queriam tomar; que nunca tivera mais que essa quantia; e eis que, no seu testamento, ela declara que são quinhentas mil libras! Eis duzentos mil francos a mais, pelos quais não se esperava, e a viúva Véron reconhece seu crime por sua própria boca. Assim, nessa estranha causa, a impostura atroz e

....
10. Esse testamento é de 12 de março de 1772.

ridícula da família revela-se por todos os lados durante a vida dessa mulher, inclusive nos braços da morte.

3º É provável que o marechal-de-campo não devia confiar ordens de pagamento por cem mil escudos a esse advogado desconhecido, para que as negociasse, sem exigir dele um comprovante; mas ele cometeu essa imprudência, que é o erro de um coração nobre; foi seduzido pela juventude, pela candura e generosidade aparente de um homem de vinte e sete anos, prestes a guindar-se à magistratura, que lhe emprestava mil e duzentos francos para um negócio urgente e prometia arrumar-lhe cem mil escudos, dali a poucos dias, recorrendo a uma firma opulenta. Eis o cerne do processo. Cumpre absolutamente examinar se é provável que um homem que se supõe tenha recebido cerca de cem mil escudos em ouro venha pressurosamente, na manhã seguinte, pedir mil e duzentos francos, para um negócio premente, à mesma pessoa que lhe entregou na véspera doze mil, quatrocentos e vinte e cinco luíses de ouro.

Não há aí nenhuma verossimilhança.

É ainda menos provável, como já se disse, que um homem de distinção, um general, pai de família, para recompensar aquele que acaba de lhe prestar o serviço inaudito de arrumar-lhe cem mil escudos sem o conhecer, tenha por reconhecimento imaginado mandar enforcá-lo; ele que, supostamente munido dessa soma imensa, não precisava mais que esperar tranqüilamente os vencimentos a longo prazo do empréstimo; ele que, para ganhar tempo, não tinha necessidade de cometer o mais covarde dos crimes; ele que nunca cometeu nenhum. Certo, é mais natural pensar que o neto de um agiota velhaco e de uma mísera penhorista aproveitou-se da confiança cega de um militar para lhe extorquir cem mil escudos e prometeu dividir essa soma com os vilões que o poderiam ajudar nessa manobra.

4º Há testemunhas que depõem em favor de Du Jonquay e da Véron. Quais são essas testemunhas? Que depõem elas?

Em primeiro lugar, há uma certa Tourtera, uma corretora que sustentava a Véron em seu pequeno comércio de penhorista e que foi colocada cinco vezes no asilo por suas infâmias escandalosas, o que é facílimo de verificar.

Há um cocheiro chamado Gilbert, que, ora firme no crime, ora abalado, declarou na casa de uma senhora Petit, na presença de seis pessoas, que tinha sido subornado por Du Jonquay. Ele perguntou várias vezes a outras pessoas se ainda estava em tempo de se retratar e reiterou esses propósitos perante testemunhas[11].

Ademais, pode ser ainda que esse Gilbert se tenha enganado e não tenha mentido. Pode ser que tenha visto algum dinheiro na casa de penhoristas e lhe tenham feito acreditar que havia ali trezentas mil libras. Nada é mais perigoso em muitas pessoas do que uma cabeça quente que pensa ter visto o que não viu.

Há um certo Aubriot, afilhado da mexeriqueira Tourtera e conduzido por ela. No seu depoimento ele diz ter visto numa rua de Paris, em 23 de setembro de 1771, o doutor Du Jonquay, de sobrecasaca, levando consigo alguns sacos.

Isso não é por certo uma prova concludente de que esse doutor tenha feito naquele dia vinte e seis viagens

---

11. É o que declara o Sr. conde de Morangiés. Se fosse uma impostura, seria por demais culpado; se diz a verdade, a causa está julgada. (*Nota de Voltaire*.)

a pé e percorrido cinco léguas para entregar *secretamente* doze mil e quatrocentos e vinte e cinco luíses enquanto aguardava o resto. Parece evidente que nesse dia ele foi à casa do marechal-de-campo, que falou com ele, e parece provável que o enganou; mas não está claro que Aubriot o tenha visto ir lá treze vezes numa manhã e de lá voltar outras treze vezes. É ainda menos evidente que esse Aubriot tenha podido ver nesse dia tantas coisas na rua, afligido que estava pela sífilis (é preciso chamar as coisas pelo seu nome), besuntado de mercúrio nesse mesmo dia, com as pernas vacilantes, com a cabeça inchada e a língua de fora: esse não é um momento propício para se correr. Será que seu amigo Du Jonquay lhe teria dito: "Vinde arriscar a vida para me ver percorrer cinco léguas carregado de ouro; vou dar toda a fortuna da minha família *em segredo* a um homem atolado em dívidas; quero ter secretamente por testemunha um homem do vosso caráter"? Não é muito provável. O cirurgião que administrou o mercúrio a esse senhor atesta que ele não estava em condição de sair; e o filho desse cirurgião, em seu interrogatório, refere-se à Academia de Cirurgia.

Mas, enfim, se um homem vigoroso teve a força, nesse estado vergonhoso e terrível, de sair de casa e dar alguns passos na rua, que resulta daí? Terá visto Du Jonquay fazer vinte e seis viagens do alto da sua mansarda ao palacete do marechal-de-campo? Terá visto doze mil e quatrocentos e vinte e cinco luíses de ouro nas mãos dele? Alguém foi testemunha desse prodígio digno das *Mil e uma noites*? Não, certamente não, ninguém; a que se reduzem então todos esses testemunhos que se invocam?

5º Que a filha da Véron, na sua mansarda, tenha tomado emprestadas algumas vezes pequenas quantias sobre penhoras, que a Véron as tenha emprestado para fazer o seu neto conselheiro no parlamento, isso em nada altera a questão; sempre parece que esse magistrado não percorreu cinco léguas a pé para levar cem mil escudos ao marechal-de-campo e que este jamais os recebeu.

6º Um certo Aubourg apresenta-se não somente como testemunha mas como protetor, como benfeitor da inocência oprimida. Os advogados da família Véron fazem desse homem um cidadão de uma virtude tão intrépida quanto rara. Ele se mostrou sensível aos infortúnios do doutor Du Jonquay, de sua mãe, de sua avó, a quem não conhecia: ofereceu-lhes o seu crédito e a sua bolsa, sem outro interesse que o prazer heróico de socorrer a virtude perseguida.

A um exame, verifica-se que esse herói da beneficência é um coitado que primeiro foi lacaio, depois tapeceiro, depois corretor, depois um homem falido e que hoje empresta sobre penhoras, como a Véron e a Tourtera. Ele corre em socorro das pessoas de sua profissão. Essa Tourtera lhe deu inicialmente vinte e cinco luíses para predispor sua probidade a emprestar seu ministério à família desolada. O generoso Aubourg teve a grandeza de alma de fazer um contrato com a velha avó quase moribunda, pelo qual ela lhe doa cento e quinze mil libras sobre os cem mil escudos que o marechal-de-campo deve, com a condição de que Aubourg pagaria as despesas do processo. Toma inclusive a precaução de mandar ratificar essa transação no testamento que é ditado à velha agiota, ou que se supõe ter sido pronunciado por essa anciã. Esse homem venerável espera pois partilhar um dia, com algumas testemunhas, os despojos do marechal-de-campo. Foi o grande coração de Aubourg que urdiu essa trama; foi ele que conduziu o processo com o qual construiu o seu patrimônio. Achava que as ordens de pagamento seriam infalivelmente pagas: é um receptador que divide o butim dos ladrões e reserva para si a melhor parte.

Tais são as respostas do marechal-de-campo. Não diminuo nada, não aumento nada; limito-me a relatar.

Expus-vos, senhor, toda a substância do processo e tudo o que se alega de mais sólido de ambas as partes.

Peço agora a vossa opinião sobre o que se deve pronunciar caso as coisas permaneçam nesse estado, caso não se possa arrancar irrevogavelmente a verdade de nenhum dos lados e manifestá-la sem rodeios.

As razões do general parecem até aqui convincentes. A eqüidade natural está do lado dele. Essa eqüidade natural que Deus colocou no coração de todos os homens é a base de todas as leis. Será preciso destruir esse fundamento de toda justiça para condenar um homem a pagar cem mil escudos que ele parece não dever?

Ele emite letras para cem mil escudos na vã esperança de que lhe entregariam o dinheiro; tratou com um jovem desconhecido como se houvesse tratado com um banqueiro do rei ou da imperatriz-rainha. Suas letras terão mais força do que suas razões? Deve-se decerto apenas o que se recebeu. As letras, as apólices, os comprovantes supõem sempre que se tenha recebido o dinheiro. Mas, se existem provas de que não se recebeu nada, nada se deve devolver. Se existe escrito contra escrito, o último anula o anterior. Ora, aqui o último escrito é o de Du Jonquay e da sua mãe; e ele diz que a parte adversa jamais recebeu deles os cem mil escudos e que eles são uns velhacos.

Como! Por terem desmentido a sua declaração, por terem recebido um murro ser-lhe-iam adjudicados os bens de outrem!

Suponhamos (o que não é provável) que os juízes, movidos pelas formalidades, condenem o marechal-de-campo a pagar o que ele não deve: não lhe estarão arruinando tanto a reputação quanto a fortuna? Todos os que se levantaram contra ele nessa estranha aventura não dirão que ele acusou caluniosamente os seus adversários de um crime do qual ele próprio é culpado? Ele perderá a sua honra aos olhos deles ao mesmo tempo que os seus bens. Só será justificado no espírito dos que examinam profundamente: é sempre a minoria. Onde estão os homens que têm o tempo, a atenção, a capacidade e a boa-fé de considerar todas as facetas de um assunto que não lhes diz respeito? Eles julgam da mesma forma que o nosso antigo parlamento condenava os livros sem os ler.

Sabeis que se julga de tudo com base em preconceitos, em palavras e ao acaso. Ninguém reflete sobre o fato de que a causa de um cidadão deve interessar a todos os cidadãos, e de que podemos sofrer com desespero o destino sob o qual o vemos esmagado com olhos indiferentes. Escrevemos todos os dias sobre julgamentos pronunciados pelo senado de Roma e pelo areópago de Atenas, e quase não pensamos no que acontece nos nossos tribunais!

Vós, senhor, que abrangeis a Europa nas vossas investigações e nas vossas decisões, dignai-vos emprestar-me as vossas luzes. Pode ser que, pela força das coisas, formalidades de chicana que não conheço façam o marechal-de-campo perder o processo; mas parece-me que ele o ganhará no tribunal do público esclarecido, esse grande juiz sem apelação que pronuncia sobre o fundo das coisas e que decide da reputação.

COMENTÁRIOS
ao
CONTRATO SOCIAL

I. Notas sobre O contrato social *de J.-J. Rousseau*[1]

LIVRO I, CAPÍTULO I

"[...] Se eu considerasse apenas a força e o efeito que dela deriva, diria: Enquanto um povo é obrigado a obedecer e o faz, age bem; tão logo possa sacudir esse jugo e o faz, age melhor ainda; porque, recobrando a liberdade graças ao mesmo direito com o qual lha arrebataram, ou ele tem razão em retomá-la ou não a tinham em lha tirar [...]"

É exatamente o contrário, pois embora tenha razão em retomar a sua liberdade, não era lícito privá-lo dela.

"[...] Mas a ordem social é um direito sagrado, que serve de base para todos os demais. Tal direito, entretanto, não advém da natureza [...]"

Confuso e obscuro; esse direito advém da natureza, se a natureza nos fez seres sociáveis.

....
1. Escritas à margem de *O contrato social ou Princípios do direito político*, 1 vol., in-8°, Amsterdam, Marc-Michel Rey, 1762.

CAPÍTULO II – *Das primeiras sociedades*

"[...] A mais antiga de todas as sociedades, e a única natural, é a da família [...]"

Portanto esse direito advém da natureza.

"[...] Se continuam unidos, já não é de maneira natural, mas voluntária, e a própria família só se mantém por convenção [...]"

Mas convenhamos que essa convenção é indicada pela natureza...

"[...] Grotius nega que todo poder humano seja estabelecido em favor dos que são governados; como exemplo, cita a escravidão. Sua maneira mais comum de raciocinar consiste sempre em estabelecer o direito pelo fato [...]"

Grotius cita a escravidão apenas como exceção, como o direito da guerra.

"[...] O raciocínio de Calígula equivale ao de Hobbes e ao de Grotius [...]"

O autor se engana. Hobbes reconhece o direito do mais forte, não como justiça, mas como um infortúnio ligado à miserável natureza humana.

CAPÍTULO IV – *Da escravidão*

"[...] É a relação entre as coisas, e não entre os homens, que constitui a guerra [...] A guerra não é, pois, uma relação de homem para homem, mas uma relação de Estado para Estado, na qual os particulares só são inimigos acidentalmente, não como homens, nem mesmo como cidadãos, mas como soldados [...]"

Tudo isso me parece oriundo de um retor capcioso. Claro está que a guerra de Estado para Estado é a guerra de homem para homem. *Ordenemos a todos os nossos súditos* que lhes saiam no encalço...

"[...] Mesmo em plena guerra, um príncipe justo apropria-se, em país inimigo, de tudo o que pertence ao público mas respeita a pessoa e os bens dos particulares [...]"

Seria preciso, antes de falar do príncipe e dos particulares, definir o que é príncipe.

"[...] Se a guerra não dá ao vencedor o direito de massacrar os povos vencidos, esse direito, que ele não tem, não pode servir de base para o direito de escravizá-los [...]"

Jamais se tem o direito de matar um homem, exceto em legítima defesa.

"[...] Só se tem o direito de matar o inimigo quando não se pode escravizá-lo [...]"

Suposição ridícula.

"[...] Fizeram uma convenção, pode ser: mas essa convenção, longe de destruir o estado de guerra, supõe a sua continuidade [...]"

Não. Ela supõe a continuidade da fraqueza, de um lado, e da força, do outro.

CAPÍTULO V – *De como sempre é preciso remontar a uma primeira convenção*

"[...] Mesmo que eu concordasse com tudo o que refutei até aqui, nem por isso os fautores do despotismo estariam em melhor situação [...]"

Bom.

CAPÍTULO VI – *Do pacto social*

"[...] Bem compreendidas, essas cláusulas se reduzem todas a uma só, a saber, a alienação total de cada associado, com todos os seus direitos, em favor de toda a comunidade. Pois, em primeiro lugar, cada qual dando-se por inteiro, a condição é igual para todos e, sendo a condição igual para todos, ninguém tem interesse em torná-la onerosa para os demais [...]"

Tudo isso é falso. Eu não me dou aos meus concidadãos sem reservas. Não lhes dou o poder de me matar e de me roubar pela pluralidade de votos. Concordo em ajudá-los e em ser ajudado, em fazer justiça e em recebê-la. Nenhuma outra convenção.

"[...] Nenhum outro autor francês, que eu saiba, compreendeu o verdadeiro sentido da palavra *cidadão* [...]"

Essas palavras concluem uma nota de Rousseau acerca do sentido da palavra [cité]; *abaixo Voltaire escreve*: Que pena! Eis uma coisa que não é difícil de compreender! O governo municipal existe na França. Os cidadãos de Paris, o preboste dos mercadores, os chefes de polícia dos bairros elegem os almotacés, as corporações dos mercadores elegem os cônsules. É por isso que em Londres a cidade difere do burgo.

CAPÍTULO VII – *Do soberano*

"[...] Tão logo essa multidão se encontra assim reunida num corpo, não se pode ofender um dos membros sem atacar o corpo [...]"

Lamentável. Se damos o chicote a Jean-Jacques Rousseau, damos o chicote à república?

"[...] A fim, pois, de que não constitua um formulário inútil, o pacto social contém tacitamente essa obrigação, a única que pode dar força às outras: quem se recusar a obedecer à vontade geral a isso será constrangido por todo o corpo, o que apenas significa que será forçado a ser livre, pois é essa a condição: oferecendo o cidadão à pátria, protege-o de toda dependência pessoal, condição que promove o artifício e o jogo da máquina política e que é a única a legitimar as obrigações civis, que, sem isso, seriam absurdas, tirânicas e sujeitas aos maiores abusos [...]"

Tudo isso não está exposto com suficiente clareza.

CAPÍTULO IX – *Do domínio real*

"[...] Porque o Estado, no tocante a seus membros, é senhor de todos os seus bens pelo contrato social [...]"

Senhor de lhes conservar todos os bens e obrigado a mantê-los.

"[...] Nesse direito, respeita-se menos o que pertence a outrem do que o que se possui [...]"

Sim, quando esse primeiro ocupante não tomou senão o que não é de ninguém e quando ele não é um primeiro ladrão.

"[...] para autorizar [...] o direito de primeiro ocupante sobre um terreno qualquer, é necessário que: 1º o terreno ainda não esteja habitado por ninguém [...]"

Bom.

"2º que dele só se ocupe a porção de que se tem necessidade para subsistir [...]"

Por quê? Se ele não pertence a ninguém, posso tomá-lo para os meus descendentes.

"[...] Quando Nuñez Balboa tomou posse, no litoral, do mar do Sul e de toda a América meridional em nome da coroa de Castela, será que isso o autorizava a despojar todos os habitantes e deles excluir todos os príncipes do mundo?"

Contradição. Esses terrenos já pertenciam a outrem.

"[...] Os de hoje chamam-se a si mesmos, mais habilmente, reis de França de Espanha, de Inglaterra [...]"

Falso. Os reis da Inglaterra só são reis dos ingleses.

Em seguida à nota que conclui o Capítulo IX, Voltaire escreve: Pelo contrário, as leis protegem o pobre contra o rico.

LIVRO II, CAPÍTULO I – *A soberania é indivisível**

"[...] Assim, por exemplo, considerou-se o ato de declarar a guerra e o de fazer a paz como atos de soberania, *quando não o são* [...]"

São sim, pois ato de soberania é ato de poder.

"[...] Ora, a verdade não conduz à fortuna, e o povo não fornece nem embaixadas, nem cátedras, nem pensões."

Devias falar de Algernon Sidney.

....

* Este, na verdade, é o Capítulo II do Livro II. [N. do R.]

CAPÍTULO IV – *Dos limites do poder soberano*

"[...] Não pode sequer desejá-lo. Pois, sob a lei da *razão*, nada se faz sem causa, assim como sob a lei da *natureza*."

Queres dizer sob a lei da física; e quantas tolices se cometem sob a lei da razão, hein!

"[...] Porque então, julgando o que nos é estranho, não temos nenhum verdadeiro princípio de eqüidade que nos guie [...]"

Obscuro e falso. É sobre outro indivíduo que se exerce a minha eqüidade. Quando eu voto por todos, é por mim, é por amor-próprio que o faço.

"[...] É um processo [...] mas no qual não vejo nem a lei que é preciso seguir, nem o juiz que deve pronunciar [...]"

Cada qual é juiz, e a lei natural é o nosso código.

"[...] Seria então ridículo querer referir-se a uma extrema decisão da vontade geral, que só pode ser a conclusão de uma das partes e que, por conseguinte, não passa para a outra de uma vontade estranha, particular, induzida nessa ocasião à injustiça e sujeita ao erro [...]"

Obscuro e falso.

CAPÍTULO V – *Do direito de vida e morte*

"[...] Ora, como ele se reconheceu tal, ao menos por sua residência, deve ser afastado pelo exílio como infrator do pacto, ou pela morte, como inimigo público [...]"

Tu te gladio jugulas.

"[...] Não se tem o direito de matar, mesmo para servir de exemplo, senão aquele que não se pode conservar sem perigo [...]"

Bom.

CAPÍTULO VI – *Da lei*

"[...] Esse objeto particular está no Estado ou fora do Estado. Se está fora do Estado, uma vontade que lhe seja estranha não é geral em relação a ele, e se esse objeto está no Estado faz parte dele. Então se estabelece entre o todo e a sua parte uma relação que os transforma em dois seres separados, dos quais a parte é um, mas o todo menos essa mesma parte é o outro [...]"

Obscuro.

"[...] Mas ela não pode eleger um rei nem nomear uma família real [...]"

Por que não?

CAPÍTULO VII – *Do legislador*

Embaixo de uma nota sobre Calvino, Voltaire escreve: Insosso elogio de um vil faccioso e de um padre absurdo que detestas de todo o coração.

"[...] A lei judaica sempre subsistente, a do filho de Ismael, que há dez séculos vem regendo metade do mundo proclamam ainda hoje os grandes homens que as ditaram, e enquanto a orgulhosa filosofia ou o cego espírito de partido não vê neles senão impostores, o verdadeiro político admira nas suas instituições o grande e poderoso gênio que preside aos estabelecimentos duradouros [...]"

O quê! Sempre te hás de contradizer a ti mesmo!

CAPÍTULO VIII – *Do povo*

No fim do capítulo, Voltaire escreve sob as últimas palavras: Gaiato! Calha-te bem fazer tais predições.

CAPÍTULO IX

"[...] E é assim que um corpo demasiado grande para a sua constituição se curva e perece esmagado sob seu próprio peso [...]"

Miserável declamação! A Europa está dividida em grandes reinos e todos eles subsistem.

"[...] De resto, viram-se Estados de tal modo constituídos que a necessidade de conquistas entrava na sua própria constituição [...]"

Seria preciso especificá-los, vale bem a pena.

CAPÍTULO X

"[...] Um grande solo inclinado dá apenas *uma pequena base horizontal, a única que se deve contar para a vegetação* [...]"

Tu não és geômetra.

LIVRO III, CAPÍTULO X – *Do abuso do governo e de sua tendência a degenerar*

[...] O senado não passava de um tribunal subordinado [...]" (*Nota sobre o governo de Roma.*)

Falso.

CAPÍTULO XIV

"No momento em que o povo se encontra legitimamente reunido em corpo soberano, cessa qualquer jurisdição do governo, o poder executivo fica suspenso e a pessoa do último dos cidadãos é tão sagrada e inviolável quanto a do primeiro magistrado [...]"

Falso. Porque se, então, se comete um assassínio, um roubo, o magistrado age.

CAPÍTULO XV – *Dos deputados ou representantes*

"[...] Vossos climas mais inclementes vos impõem mais necessidades; durante seis meses do ano a praça pública é insuportável; vossas línguas surdas não se podem fazer ouvir ao ar livre etc. [...] e temeis mais a miséria do que a escravidão [...]"

Não pensas que todos os povos do Norte foram livres.

LIVRO IV, CAPÍTULO II – *Dos sufrágios*

"[...] Se a minha opinião particular tivesse prevalecido, eu teria feito o que queria e então não teria sido livre [...]"

Que sofisma!

CAPÍTULO III – *Das eleições*

"[...] É um erro tomar o governo de Veneza por uma aristocracia; se o povo não tem ali nenhuma parte no governo, a própria nobreza ali é povo [...]"

Sofisma.

"[...] Sendo o grande conselho tão numeroso quanto o nosso conselho geral em Genebra, seus ilustres membros não gozam de mais privilégios do que os nossos simples cidadãos [...]"

Vaidade ridícula.

"[...] Quando o abade de Saint-Pierre propunha multiplicar os conselhos do rei da França e eleger seus membros por escrutínio, não percebia que estava propondo mudar a forma do governo."

Ele o via muito bem e tinha a loucura de acreditar como tu que seus livros fariam revoluções.

CAPÍTULO IV – *Dos comícios romanos*

"O nome de *Roma*, que se pretende provenha de *Romulus*, é grego e significa *força*; o nome de *Numa* é também grego e significa *lei*. Não é estranho que os dois primeiros reis dessa cidade tenham possuído nomes tão relacionados com o que haveriam de fazer?" (*Nota.*)

Propriamente dureza. *Nomos* tem pouca relação com Numa e nenhuma com Pompílio.

CAPÍTULO VIII – *Da religião civil*

"[...] Assim das divisões nacionais resultou o politeísmo, e deste a intolerância teológica [...]"

Muito falso. A princípio só houve intolerância religiosa entre os egípcios e os judeus.

"[...] Todavia, em nossos dias, é bem ridícula a erudição que pretende identificar os deuses das diversas nações [...]"

Tu, sim, és ridículo. Consta que o Júpiter, a Juno, o Marte, a Vênus dos romanos eram os deuses dos gregos.

"[...] os povos desse vasto império acabaram, sem perceber, por possuir uma multidão de deuses e cultos, quase sempre os mesmos em todos os lugares [...]"

Certamente não. Os deuses da Síria e do Egito, os do Setentrião, eram muito diferentes; os dos persas e dos indianos, mais ainda.

"[...] e eis como o paganismo acabou por tornar-se, no mundo conhecido, uma única e idêntica religião [...]"

Muito falso.

"[...] Foi nessas circunstâncias que Jesus veio estabelecer na terra um reino espiritual [...] Tal foi a causa das perseguições."

A verdadeira causa foi a desobediência de Marcelo, de Lourenço e de tantos outros.

"[...] Então a divisão entre os dois poderes recomeçou; embora menos visível entre os maometanos do que entre os cristãos, nem por isso deixa de existir entre eles, sobretudo na seita de Ali; e há Estados, como a Pérsia, em que isso se faz sentir continuamente."

Muito falso.

"[...] Existem, pois, dois poderes, dois soberanos, na Inglaterra e na Rússia, assim como alhures."

De forma alguma.

"[...] Assim é a religião dos lamas, a dos japoneses, a do cristianismo romano."

Os lamas e os japoneses são citados aqui fora de propósito. O grande lama é soberano como o papa; o daíra não passa de um mufti.

"[...] Por essa religião santa, sublime, verdadeira, os homens filhos do mesmo Deus se reconhecem todos como irmãos, e a sociedade que os une não se dissolve nem mesmo com a morte [...]"

Eu vim trazer a guerra e não a paz, dividir o pai e a mãe, o irmão e a irmã.

"[...] O cristianismo é uma religião totalmente espiritual [...]"

Os primeiros cristãos eram como os essênios, os terapeutas, os quacres.

"[...] Existe, pois, uma profissão de fé puramente civil, cujos artigos compete ao soberano fixar, não exatamente como dogmas de religião, mas como sentimentos de sociabilidade, sem os quais é impossível ser bom cidadão ou súdito fiel."

Todo dogma é ridículo, funesto; toda coação baseada no dogma é abominável. Ordenar a crer é absurdo. Limitai-vos a ordenar a bem viver.

II. Pedro, o Grande, e J.-J. Rousseau

SEÇÃO PRIMEIRA[1]

"O czar Pedro [...] não tinha o verdadeiro gênio, aquele que cria e faz tudo de nada. Algumas das coisas que ele fez eram boas, a maior parte delas, indevida. Ele viu que o seu povo era bárbaro, não viu absolutamente que ele não estava maduro para a civilização; quis civilizar quando o que cumpria era aguerrir. Quis primeiro fazer alemães, ingleses, quando cumpria começar por fazer russos; impediu os seus súditos de se tornarem o que poderiam ser, persuadindo-os de que eram o que não são. É assim que um preceptor francês forma o seu aluno para brilhar um momento na infância e depois nunca chegar a ser nada. O império da Rússia quererá subjugar a Europa, e será ele próprio subjugado. Os tártaros, seus súditos ou seus vizinhos, hão de tornar-se os seus senhores e os nossos: essa revolução parece-me infalível; todos os reis da Europa trabalham

....
1. *Nouveaux Mélanges*, terceira parte, 1765. Ver LIBERDADE DE IMPRIMIR. (B.)

de comum acordo para acelerá-la."² (*Do contrato social*, Livro II, Cap. VIII.)

Essas palavras são tiradas de uma brochura intitulada *Do contrato social*, ou insocial, do pouco sociável Jean-

---

2. Para julgar um príncipe, é preciso transportar-se ao tempo em que ele viveu. Se Rousseau, ao afirmar que Pedro I não teve o *verdadeiro gênio*, quis dizer que esse príncipe não criou os princípios da legislação e da administração pública, princípios absolutamente ignorados então na Europa, tal crítica em nada afeta a sua glória. O czar viu que seus soldados não tinham disciplina, e deu-lhes a das nações mais belicosas da Europa. Seus povos ignoravam a marinha, e em poucos anos ele criou uma frota formidável. Adotou para o comércio os princípios dos povos que então passavam pelos mais esclarecidos da Europa. Percebeu que os russos só diferiam dos outros europeus por três motivos: o primeiro era o excessivo poder da superstição sobre os espíritos e a influência dos padres sobre o governo e os súditos. O czar atacou a superstição na sua fonte, destruindo os monges pelo meio mais brando, o de não permitir os votos senão numa idade em que todo homem que tem a fantasia de os fazer é seguramente um cidadão inútil.

Ele submeteu os padres à lei e não lhes deixou mais que uma pequena autoridade subordinada à sua para os assuntos da ordem civil, que a ignorância dos nossos ancestrais submeteu ao poder eclesiástico.

O segundo motivo que se opunha à civilização da Rússia era a escravidão quase geral dos camponeses, fossem eles artesãos ou agricultores. Pedro não ousou destruir diretamente a servidão, mas preparou-lhe a destruição ao formar um exército que os tornava independentes dos senhores de terras e os punha em condição de não mais temê-los, e ao criar em sua nova capital, por meio dos estrangeiros chamados ao seu império, um povo comerciante, operoso e que gozava da liberdade civil.

O terceiro motivo da barbárie dos russos era a ignorância. Ele percebeu que não podia tornar sua nação poderosa senão esclarecendo-a, e esse foi o principal objetivo dos seus trabalhos; foi nisso, sobretudo, que ele mostrou um verdadeiro gênio. Não nos devemos admirar de ver Rousseau acusá-lo de não se ter limitado a aguerrir sua nação; e cumpre confessar que o russo que, em 1700, adivinhou a influência das luzes sobre a situação política dos impérios e soube perceber que o maior bem que se pode fazer aos homens é substituir por idéias justas os preconceitos que os governam, teve mais gênio do que o genebrês que, em 1750, quis provar-nos as grandes vantagens da ignorância.

Quando Pedro subiu ao trono, a Rússia estava quase na mesma situação que a França, a Alemanha e a Inglaterra no século XI. Os russos fizeram, nos oi-

Jacques Rousseau. Não admira que, tendo feito milagres em Veneza, ele tenha feito profecias sobre Moscou; mas, como ele bem sabe que o bom tempo dos milagres e das profecias já passou, ele deve acreditar que a sua predição contra a Rússia não é tão infalível quanto lhe pareceu em seu primeiro acesso. É doce anunciar a queda dos grandes impérios; isso nos consola da nossa pequenez. Será um belo ganho para a filosofia quando virmos os tártaros nogais, que podem, creio eu, colocar até doze mil homens em campanha, vir subjugar a Rússia, a Alemanha, a Itália e a França. Mas tenho certeza de que o imperador da China não sofrerá; ele já alcançou a paz perpétua e, como já não existem jesuítas no seu país, ele não perturbará a Europa. Jean-Jacques, que tem, como se acredita, o verdadeiro gênio, acha que Pedro, o Grande, não o tinha.

Um senhor russo, homem de muito espírito, que às vezes se diverte a ler brochuras, lembrou-se, ao ler essa, de alguns versos de Molière e citou-os muito a propósito:

Parece a três gaiatos, em seu cerebrozinho,
Que por serem encadernados em novilho

....

tenta anos em que as idéias de Pedro foram seguidas, mais progresso do que nós em quatro séculos: não é isso uma prova de que essas idéias não eram as de um homem comum?

Quanto à profecia sobre as conquistas futuras dos tártaros, Rousseau devia ter observado que os bárbaros nunca derrotaram os povos civilizados senão quando estes negligenciaram a tática, e que os povos nômades são sempre muito pouco numerosos para serem temíveis para grandes nações que dispõem de exércitos. É diferente destronar um déspota para ocupar o seu lugar, impor-lhe um tributo depois de vencê-lo ou subjugar um povo. Os romanos conquistaram a Gália, a Espanha; os chefes dos godos e dos francos nada mais fizeram do que expulsar os romanos e lhes suceder. (K.)

Ei-los na condição de figurões
Que com sua pena fazem o destino das Coroas[3].

Os russos, diz Jean-Jacques, nunca serão civilizados. Eu conheci pelo menos três civilizadíssimos e que tinham o espírito justo, fino, agradável, culto e mesmo conseqüente, o que Jean-Jacques há de achar deveras extraordinário.

Como ele é muito galante, não deixará de dizer que eles se formaram na corte da imperatriz Catarina, que o exemplo dela influiu sobre eles, mas que isso não impede que ele tenha razão e que logo esse império será destruído.

Esse homenzinho nos assegura, num dos seus modestos trabalhos, que se deve erigir-lhe uma estátua. Não será provavelmente nem em Moscou nem em Petersburgo que alguém se empenhará em esculpir Jean-Jacques.

Eu gostaria, de um modo geral, que, quando um homem julga as nações do alto da sua água-furtada, ele fosse mais honesto e circunspecto. Qualquer pobre-diabo pode dizer o que lhe aprouver sobre os atenienses, os romanos e os antigos persas. Pode enganar-se impunemente sobre os tribunais, sobre os comícios, sobre a ditadura. Pode governar no pensamento um país de duas ou três léguas, enquanto é incapaz de governar a sua criada. Pode, num romance, receber um beijo acre da sua Júlia e aconselhar um príncipe a desposar a filha de um carrasco. Há tolices sem conseqüência; outras há que podem ter efeitos nefastos.

Os loucos da corte eram muito sensatos: não insultavam com suas bufonarias senão os fracos, e respeita-

---

3. Moliére, *Femmes savantes*, IV, III.

vam os poderosos; os loucos da aldeia são hoje mais ousados.

Responder-se-á que Diógenes e Aretino foram tolerados: de acordo; mas, tendo uma mosca visto um dia uma andorinha que, ao voar, levava consigo umas teias de aranha, quis fazer o mesmo e foi apanhada nelas[4].

SEÇÃO II

Será que não se pode dizer desses legisladores que governam o universo por dois centavos a folha, e que das suas mansardas dão ordens a todos os reis, o que Homero diz de Calcas?

"Ὃς ἤδη τά τ' ἐόντα, τά τ' ἐσσόμενα, πρό τ' ἐόντα.
(*Il.*, I, 10)

Ele conhece o passado, o presente e o futuro.

É pena que o autor do pequeno parágrafo que citamos não tenha conhecido nenhum dos três tempos de que fala Homero.

Pedro, o Grande, diz ele, "não tinha o gênio que faz tudo de nada. De fato, Jean-Jacques, não me custa crê-lo: afirma que só Deus tem essa prerrogativa.

....

4. Esse artigo foi escrito em 1765, isto é, nas primeiras horas da desavença de Voltaire com Jean-Jacques. O que deixou Voltaire fora de si foi que Jean-Jacques, perseguido, condenado pelo *Emílio*, designou-o como autor do *Sermão dos cinqüenta*, em sua quinta *Carta escrita da montanha*. Isso era denunciá-lo. "Era o mesmo que dizer", escrevia Voltaire, "estão me queimando, me incendiando; incendiai-o também." (G. A.)

"Ele não viu que o seu povo não estava maduro para a civilização"; nesse caso, o czar é admirável por tê-lo feito amadurecer. Parece-me que é Jean-Jacques que não viu a necessidade de primeiro se servir dos alemães e dos ingleses para depois fazer russos.

"Impediu os seus súditos de se tornarem o que poderiam ser etc."

No entanto, esses mesmos russos tornaram-se os vencedores dos turcos e dos tártaros, os conquistadores e os legisladores da Criméia e de vinte povos diferentes; sua soberana promulgou leis para nações cujo próprio nome se ignorava na Europa.

Quanto à profecia de Jean-Jacques, pode ser que sua alma se tenha exaltado a ponto de ler no futuro: ele tem tudo o que é preciso para ser profeta; mas quanto ao passado e ao presente é forçoso confessar que ele não entende nada. Duvido que a Antiguidade tenha algo comparável à ousadia de enviar quatro esquadras do fundo do mar Báltico para os mares da Grécia, de dominar ao mesmo tempo sobre o mar Egeu e sobre o Ponto Euxino, de levar o terror à Cólquida e aos Dardanelos, de subjugar a Táurida e de obrigar o vizir Azem a fugir das margens do Danúbio para as portas de Andrinopla.

Se Jean-Jacques menospreza tão grandes ações que assombram a terra atenta, deve ao menos confessar que há alguma generosidade em um conde de Orloff, que, depois de ter tomado um navio que transportava toda a família e todos os tesouros de um paxá, devolveu-lhe a família e os tesouros.

Se os russos não estavam maduros para a civilização do tempo de Pedro, o Grande, convenhamos que hoje eles estão maduros para a grandeza de alma e que Jean-

Jacques não está totalmente maduro para a verdade e para o raciocínio.

Quanto ao futuro, sabê-lo-emos quando tivermos nossos Ezequiéis, Isaías, Habacuques, Miquéias. Mas o tempo deles já passou e, ouso dizê-lo, é de crer que não volte mais.

Confesso que essas *mentiras impressas* sobre o tempo presente sempre me assombram. Se alguém toma essas liberdades num século em que mil volumes, mil gazetas, mil jornais podem continuamente desmenti-lo, que fé poderemos ter nesses historiadores dos antigos tempos, que recolhiam todos os boatos vagos, que não consultavam nenhum arquivo, que punham por escrito o que tinham ouvido dizer às suas avós na sua infância, certos de que nenhum crítico iria apontar os seus erros?

Durante longo tempo tivemos nove Musas; a crítica sadia é a décima, que chegou bem tarde. Ela não existia na época de Cécrope, do primeiro Baco, de Sanchoniáton, de Thaut, de Brama etc. etc. Escrevia-se então impunemente tudo o que se queria: hoje é preciso ser um pouco mais cauteloso.